RAIC

An Chéad Eagrán 2015
© Máire Uí Dhufaigh 2015

ISBN 978-1-909907-60-7

Clóchur, dearadh agus pictiúr clúdaigh: Caomhán Ó Scolaí
Clódóireacht: Clódóirí Lurgan

Tá Leabhar Breac buíoch d'Fhoras na Gaeilge
as coimisiún a bhronnadh ar údar an leabhair seo.

Foras na Gaeilge
Tugann Foras na Gaeilge
tacaíocht airgid do Leabhar Breac

Tugann an Chomhairle Ealaíon
tacaíocht airgid do Leabhar Breac

Leabhar Breac, Indreabhán, Co. na Gaillimhe.
www.leabharbreac.com

Raic

Máire Uí Dhufaigh

LEABHAR
BREAC

d'Aoife agus Liam

Caibidil 1

INA SEASAMH ar bhóthar na céibhe a bhí Caitríona lena col ceathrar Bríd. Bhí siad ag faire ar an mbád farantóireachta, *Banríon an Oileáin*, agus í ag déanamh a bealaigh trasna an chuain go dtí Oileán na Leice.

'Bhí mé ag cuimhneamh, a Bhríd ... bhí mé ag déanamh iontais, an mbeidh sé athraithe mórán? Nó an mbeidh sé mar a bhí sé i gcónaí?' a dúirt Caitríona.

'Cén duine?'

'Séamas. Tá sé dhá bhliain ó chonaic mé é.'

'Tá a fhios agam.'

'Ar chaoi eicínt, níl tada i mo chloigeann ó mhaidin ach....'

'Séamas! Nach bhfuil a fhios agam go maith. Ach, a Chaitríona, ná bí ag súil le mórán. Is cuma cé chomh mór le chéile agus a bhí sibh an samhradh sin, is iontach an t-achar é dhá bhliain.'

'Nach bhfuil a fhios agam go maith gurb ea. Agus cheap mé go raibh sé uilig dearmadta agam. Ach nuair a tháinig an téacs sin ar maidin, thuig mé nach raibh.'

Ar nós na gcairde eile a d'fhág sé ina dhiaidh in Éirinn, bhíodh Caitríona i dteagmháil le Séamas Jim ar Facebook ó chuaigh sé le cónaí in éineacht lena athair i gCeanada. Ach, taobh amuigh de sin, ní raibh aon chaidreamh eatarthu ó d'fhág Séamas an baile. Bhí a fhios ag Caitríona óna leathanach Facebook go raibh sé in Éirinn anois le seachtain agus go raibh jab faighte aige leis an gcomhlacht nua tumadóireachta a bhí bunaithe in Oileán na Leice. Ach is ó Iain Mac Giolla Easpaig a chuala sí go mbeadh Séamas ag teacht abhaile ar bhád an tráthnóna sin. Bhí sí cineál diomúch nár chuir Séamas aon scéala chuici féin. Ach, arís ar ais, cén fáth a gcuirfeadh? B'fhíor do Bhríd. Chaithfeadh sí a chur i gcuimhne di féin go raibh dhá bhliain caite agus saol nua ag Séamas anois thall i gCeanada. Saol nach raibh a fhios aicise tada faoi, agus nár bhain léi beag ná mór.

'*Beidh me ar bhad an trathnona,*' a dúirt Iain sa téacs a sheol sé chuici an mhaidin sin. '*Seamas ag taisteal liom. Ag suil le failte ui cheallaigh ar an gceibh!*'

Ba as cathair na Gaillimhe é Iain Mac Giolla Easpaig, cé go mbíodh teach saoire ag a mhuintir in Oileán na Leice tráth. Bhí aithne mhaith ag Iain ar a chomh-aoiseacha san oileán agus roinnt cairde buana déanta aige ann. Bhí sé de nós aige castáil le Caitríona aon uair a dtéadh sí isteach go Gaillimh. Chuir sé in aithne dá thuismitheoirí í agus bhíodh fáilte roimpi i gcónaí tigh Mhic Giolla Easpaig ar Bhóthar Loch an tSáile. Deireadh Caitríona go raibh Iain ar nós an dearthár nach raibh aici riamh, ach a theastaigh uaithi ó bhí sí ina cailín beag bídeach.

'Ar dhúirt Iain cá mbeidh sé ag fanacht?' a d'fhiafraigh Bríd de Chaitríona anois. 'Nár dhíol siad an teach a bhíodh acu anseo?'

'Dhíol. Is dóigh gur sa mBrú a bheas sé. Níor chuimhnigh mé fiafraí de. Ach is ann a d'fhan sé féin agus a dheartháir nuair a bhí siad anseo faoi Cháisc.'

'Is dóigh go n-airíonn sé uaidh an teach.'

'D'fhéadfá a rá go n-airíonn. Bhí a chroí briste nuair a díoladh é.'

Agus ansin bhí an bád farantóireachta le céibh agus an rírá tosaithe. Bhí criú an bháid ag fógairt ar a chéile, rópaí á gcaitheamh amach, ansin á gceangal agus á ndaingniú. Siúd síos an chéibh leis an mbeirt chailín. Faoin am seo bhí carranna, mionbhusanna agus tarracóirí ag déanamh a mbealach síos chomh maith — oileánaigh ag castáil le gaolta nó le cuairteoirí a bhí ar bord.

'Tá an bád plódaithe,' a dúirt Bríd agus í ag breathnú go grinn ar na paisinéirí a bhí ag teacht amach. 'Ní cuimhin liom go mbíodh an oiread seo daoine ag teacht chuig an oileán!'

'Bíonn sé mar seo anois go hiondúil tráthnóna Dé hAoine,' a deir Caitríona.

'Breathnaíonn sé go bhfuil an-tóir ag na turasóirí ar an áit,' arsa Bríd.

'Tá … chomh fada agus go mbíonn an aimsir réasúnta. Ach nuair a bhíonn an fharraige garbh, ní fheiceann tú mórán acu.'

Sheas na cailíní siar as an mbealach, a ndroim le balla cosanta na céibhe acu agus iad ag faire ar na turasóirí a bhí ag teacht i dtír. Tháinig bean amach le giotár ar a droim aici, fear lena taobh agus bosca ceoil aige. Taobh thiar díobh sin bhí grúpa d'fhir agus de mhná scafánta, aclaí, bróga siúil agus treabhsair gearra orthu agus iad ag brú a gcuid rothair rompu amach. Ina ndiaidh siúd tháinig triúr fear meánaosta a raibh strus agus anró an tsaoil le tabhairt faoi deara ina n-iompar agus ina ngrua agus ar léir óna ndreach gur beag ama a chaitheadar amuigh faoin aer. Ansin tháinig na gnáthghrúpaí spleodracha, daoine sna fichidí agus sna tríochaidí a bhí meallta ag an gceol agus ag an gcraic a bhíodh sna tithe tábhairne agus san óstán le linn an tsamhraidh.

'Breathnaigh orthu sin thall lena gcuid *six packs*,' arsa Bríd agus í ag tarraingt aird Chaitríona ar ghrúpa lads a bhreathnaigh chomh hóg is nach ligfí isteach in aon teach tábhairne iad. Bhí siad ag béiceadh agus ag pleidhcíocht, ag dul sa mbealach ar na paisinéirí eile a bhí ag déanamh a mbealach amach as an mbád.

'Tá braon maith ólta acu sin cheana féin,' a deir Caitríona.

Ní raibh aon tuairisc fós ar Iain ná ar Shéamas ach, leis an ngleo agus an rírá a bhí anois ar an gcéibh, d'fhéadfadh a gcairde a bheith tagtha amach i ngan fhios do na cailíní.

'An ngabhfaidh Séamas abhaile i mBus an Phobail, meastú? Nó an bhfuil duine eicínt tagtha anuas le castáil leis?' a d'fhiafraigh Bríd de Chaitríona.

'An bhfeiceann tú an carr sin atá thíos ar bharr na céibhe? An ceann dearg. Sin é carr a mháthair.'

'Nár cheart dúinne a bheith thíos ansin chomh maith? Nach síos chuig an gcarr a rachaidh na lads chomh luath agus a thiocfaidh siad amach?'

'Is dóigh gurb ea. Ach ...' Stop Caitríona soicind. Ní raibh sí cinnte cén chaoi ab fhearr leis an rud a bhí le rá aici a chur.

'Bheadh cineál drogall orm,' a dúirt sí ansin. 'Níl máthair Shéamais ... níl sí ag caint linne, bhuel, le Daid ná le Mam, níos mó.'

'Ní raibh a fhios agam é sin! Níl siad ag caint le chéile ar chor ar bith!'

Ach ansin bhí Iain Mac Giolla Easpaig ag déanamh orthu agus mála mór ar a dhroim aige.

'Haigh, a chailíní. Cén chaoi a bhfuil sibh? Ní raibh mé cinnte an dtiocfadh sibh anuas! Tá sé iontach tú a fheiceáil arís, a Bhríd. Ach an gcreidfeá go ndeachaigh tú ó aithne orm ansin ar feadh soicind. D'athraigh tú do ghruaig ó chonaic mé cheana thú. Ach is maith liom an stíl nua. Agus an dath. Feileann sé thar cionn duit.'

Gruaig an-ghairid, dlúth a bhí ar Bhríd agus í daite fionn aici.

'Go raibh maith agat, a Iain.'

D'fhiafraigh Iain di ansin an raibh sé i bhfad ó tháinig sí go hOileán na Leice.

'Dé Domhnaigh seo caite a tháinig mé. Ach beidh mé anseo an chuid eile den samhradh. Beidh mé ag fanacht ag Mamó. Tá an bhean bhocht scuabtha ag na scoilteacha le tamall.'

'Bhí Caitríona á rá sin an lá cheana. Agus bhí sí ag rá go bhfuil tusa ag cuimhneamh ar dhul le banaltracht. Seo bealach le rud beag cleachtadh a fháil roimh ré.'

'Is fíor dhuit. Ach cá'il Séamas, a Iain? Cheap mé go raibh sé in éineacht leat.'

'Tá sé ag cur a chuid bagáiste sa gcarr,' arsa Iain. 'Ní chreidfeá ach an méid stuif atá aige! Bhí mé ag rá leis gur leoraí a bheadh uaidh in áit cairr.'

'Ab in le rá go mbeidh sé anseo an samhradh ar fad?'

'Beidh sé ann níos faide ná sin! Beidh sé ag dul chuig an scoil anseo sa bhFómhar.'

'Ach cheap mé go raibh sé críochnaithe leis an scoil. Nach bhfuil sé dhá bhliain ó d'imigh sé anonn?'

'Cibé céard é an scrúdú sin a bhíonn acu i gCeanada, nuair a bhíonn siad ag críochnú, tá sé sin déanta aige, ceart go leor. Ach theastaigh uaidh go mbeadh an Ardteist aige chomh maith.'

Ní raibh Caitríona ag glacadh páirt ar bith sa gcomhrá seo. Ach ní hin le rá nach raibh cluais éisteachta uirthi agus í ag cur an-suim go deo sa méid a bhí á rá ag Iain. Bhí Séamas ag fanacht … ní bheadh sé ag bailiú leis chomh luath agus a bheadh an samhradh thart! D'athródh sé sin cúrsaí! Bhreathnaigh sí síos uaithi, go dtí an áit a raibh an carr dearg páirceáilte ag barr na céibhe. Cheap sí go bhfaca sí cúl a chinn. Ach ní fhéadfadh sí a bheith cinnte. Dhírigh sí a haird ar Iain arís.

'Bhí muid ag déanamh iontais ar ball cá mbeifeása ag fanacht,' ar sise lena cara. 'Sa mBrú arís, ab ea?'

'Ní hea. Nach bhfeiceann tú an cuaille de mhála atá agam? Ag campáil atá mé. Bhí chuile shúil ag Séamas go bhfanfainn sa teach acusan. Ach níor mhaith liom, nuair atá sé an t-achar sin ó bhí sé ag baile cheana. Déanfaidh an t-ionad campála mé, go háirithe nuair nach bhfuil agam ach na cúpla lá. Caithfidh mé imeacht arís Dé Luain, tá a fhios agat.'

'An bhfuil jab samhraidh agat i nGaillimh?' a d'fhiafraigh Bríd de.

'Muise níl … faraor géar. Ní raibh mé in ann aon cheo a fháil. Tar éis gur shiúil mé an baile mór.'

Bhí Caitríona diomúch nuair a chuala sí nach mbeadh Iain ag fanacht thar chúpla lá. Ní bhíodh sí á fheiceáil chomh minic agus ba mhaith léi ó tharla nach raibh an teach saoire san oileán ag a thuismitheoirí níos mó.

'Ach beidh mé ar ais arís i lár na seachtaine,' a dúirt Iain ansin. 'Níl ann ach go gcaithfidh mé cúpla....'

Stop Iain ag caint nuair a chonaic sé an carr dearg ag dul tharstu go mall agus Séamas suite sa suíochán tosaigh ann. Chuir Séamas síos an fhuinneog.

'Cén chaoi bhfuil sibh, a chailíní? Breathnaigh, tá deabhadh ar Mham anois ach feicfidh mé thart sibh.' Agus ansin bhí sé imithe!

Ní raibh a fhios ag Caitríona cé acu ina suí nó ina seasamh a bhí sí. Ní raibh smid aisti ar feadh soicind.

'*Tá deabhadh ar Mham,*' ar sise, faobhar ina guth, agus í ag déanamh aithrise ar Shéamas. 'Sea, tá an oiread deabhadh uirthi is nach bhfuil am agatsa 'haló' ceart a rá le do chairde! Cairde nach bhfaca tú le blianta.'

'Is mar gheall ormsa atá sé,' a dúirt Bríd. 'Ní raibh aon súil aige go mbeinn anseo. Is dóigh go raibh sé ag iarraidh labhairt leatsa asat féin.'

'Ní hin é é ar chor ar bith, a Bhríd,' a deir Caitríona. 'Dhéanfadh sé an rud céanna dá mbeinn i mo sheasamh anseo liom féin. Is í an mháthair sin aige is ciontaí.'

Ba léir go raibh cuthach dhearg ar Chaitríona. Thosaigh sí ag sciolladh agus ag feannadh.

'An chailleach! Ní labhróidh sí beag ná mór le Mam ná Daid. Agus anois, níl sí ag iarraidh Séamas a ligean i bhfoisceacht scread asail díomsa. An bhfaca tú, a Bhríd, an chaoi a raibh sí ag caitheamh drochshúile orainn níos túisce agus í ag imeacht tharainn sa gcarr?'

'Caithfidh mé a rá nár thug mé tada faoi deara,' arsa Bríd. 'Agus, ar aon chaoi, is deacair liom a chreidiúint go dtabharfadh Séamas an oiread sin airde ar a mháthair. Nach bhfuil sé ocht mbliana déag?'

'Ann is as,' a dúirt Caitríona. 'Ach tá dul amú ort, a Bhríd. Thabharfadh sé aird uirthi. Anois ... anocht, nuair nach bhfuil sé ach díreach tar éis a theacht abhaile.'

'Mar a dúirt mé cheana, ba chóra domsa a bheith fanta ag baile,' a deir Bríd agus í ag baint croitheadh as a guaillí.

Thosaigh an triúr ag siúl suas go dtí Bóthar na Céibhe, gan mórán foinn chainte ar aon duine acu anois. Bhí formhór na gcuairteoirí bailithe leo faoi seo agus bhí an brú tráchta laghdaithe go mór. Níor theastaigh ó Chaitríona a bheith ag pusaireacht ach bhraith sí go raibh an mhaith uilig bainte as an tráthnóna. Níor thuig sí go dtí sin cé chomh mór agus a bhí sí ag súil le Séamas a fheiceáil arís. Bhí ualach ar a croí faoi gur bhailigh sé leis mar sin.

Labhair Iain ar deireadh: 'Breathnaigh anseo nóiméad, a Chaitríona. Ní cheapfainnse go raibh aon urchóid sa rud a tharla ... theastaigh síob go géar ó Shéamas agus tharla sé go raibh deifir ar a mháthair. Sin uile a bhfuil ann. Tá mé cinnte go bhfeicfidh muid ar ball é.'

Nuair nach raibh gíog ná geaig as ceachtar de na cailíní, tharraing Iain anuas scéal eile ar fad: 'Mo chuimhne, a chailíní. Insígí dom faoin gcraic a bhí agaibh anseo le deireanas!'

'Faoin ór atá i dtaisce san oileán?' a dúirt Bríd.

'Sea. Tá an oiread cainte déanta faoi. Fiú agus muid ar an mbád tráthnóna ba é an príomhábhar comhrá é.'

'Tabhair craic air,' arsa Caitríona agus í ag déanamh gáire. 'Ní fhaca tú a leithid riamh i do shaol. Is é an trua nach raibh tú anseo. Cheapfá gur daoine 'mór le rá' a bhí ionainn. Paparazzi ag iarraidh agallamh a dhéanamh linn agus pictiúirí a thógáil dínn. Ní fhéadfá a dhul taobh amuigh den doras gan duine acu a bheith ag sá micreafóin nó ceamara isteach i do phus. 'An bhfuil aon rud cloiste agatsa faoi thaisce an *Philip Goodby*? Cén áit, dar leatsa, a bhfuil an t-ór curtha i bhfolach?'

D'fhiafraigh Iain de Chaitríona cén freagra a thug sí féin ar na hiriseoirí.

'Dúirt mé leo go raibh ór agus meall rudaí luachmhara eile faighte i bhfad, i bhfad ó shin agus gur cuireadh i bhfolach faoin ngaineamh thíos ar an trá iad. Ach ansin gur tháinig 'aliens' agus gur thugadar leo a raibh ann.'

Lig Iain air féin go raibh alltacht air: 'A Chaitríona Ní Fhlatharta! Ní chreidim go ndéarfá é sin!'

'Ach dúirt. Fiafraigh de Ruth. Bhí sise in éineacht liom.'

'Tá an diabhal ort! Ní haon iontas gur sa mbosca bruscair a chuaigh an píosa sin den taifeadadh.'

'Ach meas tú an bhfuil sé ann i ndáiríre píre?' a

d'fhiafraigh Bríd den bheirt eile. 'An bhfuil a leithid de rud ann le Taisce Oileán na Leice?'

'Nach bhfuil a fhios agat go breá nach bhfuil,' a deir Caitríona agus í ag déanamh scigmhagaidh den rud ar fad. 'Lá na n-Amadán, an chéad lá d'Aibreán, a bhí ann nuair a thosaigh an scéal ag dul thart i dtosach. Ach caithfidh mé a rá mar sin féin gur iontach go deo an plean é le turasóirí a mhealladh isteach san oileán. An bhfaca sibh chomh plódaithe agus a bhí an bád anocht? Is dóigh go raibh metal detectors ag a leath!'

'Ós ag caint ar na metal detectors muid,' a dúirt Iain. 'Tá ceann acu faighte ag Séamas.'

'Is beag an mhaith a dhéanfas sé dhó,' a deir Caitríona. 'Leis an méid cuartú atá déanta, dá mbeadh taisce ann bheadh sí faighte i bhfad ó shin. Níl orlach den oileán nár cuardaíodh.'

'Ach caithfidh sé go bhfuil áit eicínt nár cuardaíodh fós.'

'Tá mé ag rá leat nach bhfuil!'

'Bhuel, ar a laghad ar bith,' a dúirt Bríd, 'tá craic eicínt san oileán dá bharr. Tugann sé ábhar cainte eile do na daoine, taobh amuigh den aimsir. Agus, mar a dúirt Caitríona, tarraingíonn sé turasóirí chuig an áit.'

Nuair a bhí sí níos óige, thaitníodh le Bríd a bheith ag teacht go hOileán na Leice, áit ar rugadh agus ar tógadh a hathair, Maitiú. B'fhada léi i gcónaí nó go dtiocfadh saoire an tsamhraidh. Ach anois, agus í níos sine, ní raibh an tsuim chéanna aici san oileán. De bharr na ceana a bhí aici ar a seanmháthair, thairg sí an samhradh a chaitheamh ag breathnú amach di. Ach ní raibh aon leisce uirthi a admháil gurbh fhearr léi go mór fada a bheith i mBaile Átha Cliath. Cailín cathrach a bhí inti agus bhraith sí go bhféadfadh cúpla mí fhada, leadránach a bheith amach roimpi.

Is ansin a chuimhnigh Iain ar an bpáipéar nuachta a bhí ina mhála aige. Agus iad ag réiteach leis an gcathair a fhágáil an tráthnóna sin, ghlaoigh a mháthair ar Shéamais. D'iarr sí air eagrán na seachtaine den pháipéar *Nuacht an Chuain* a cheannach di. Chuala sí go raibh scéal eicínt ann faoi 'Thaisce Oileán na Leice', mar a bhí na hiriseoirí ag tabhairt uirthi. Sháigh Iain an páipéar ina mhála féin ag an am agus is ann a d'fhan sé ó shin. Anois leag sé a mhála ar an gclaí agus tharraing sé amach an páipéar.

'Seo,' a dúirt sé agus shín an páipéar chuig Caitríona. 'Tá rud eicínt ceaptha a bheith anseo faoin taisce. Léigh amach dúinn é, maith an bhean.'

'Tá sé ann ceart go leor,' a deir Caitríona. 'Agus é ar an gcéad leathanach murar mhiste leat.'

Thosaigh Caitríona ag léamh:

In alt a foilsíodh sa nuachtán seo roinnt míonna ó shin, tugadh le fios den chéad uair go raibh an *Philip Goodby*, long Sasanach a scrios toirpéid

Gearmánach le linn an dara cogaidh domhanda, aimsithe i gcuan na Gaillimhe. Aimsíodh an long i ndoimhneacht uisce 800 méadar, ó thuaidh d'Oileán na Leice. Spreag ár dtuairisc spéis an phobail i gcian is i gcóngar, go háirithe toisc go raibh an *Philip Goodby* ag iompar lastais phlatanaim agus óir nuair a chuir fomhuireán go tóin poill í. Is é platanam an miotal is luachmhaire sa domhan faoi láthair.

Tá casadh eile sa scéal anois, áfach, mar a léiríonn an ráiteas seo a leanas atá díreach eisithe ag Taighde Grinnill Teoranta, an comhlacht a bhfuil cearta tarrthála ar an *Philip Goodby* acu.

'Tar éis suirbhé cuimsitheach a bheith déanta ar an *Philip Goodby,* is mian linn a fhógairt go poiblí anois go bhfuil sé tagtha chun solais go rabhthas ag baint go mídhleathach leis an raic mara. De réir lastliosta an *Philip Goodby,* bhí ór agus platanam ar bord nuair a d'fhág an long calafort Cape Town ar a bealach go Londain. Léirigh an suirbhé go bhfuil an lastas iomlán platanaim fós ar bord. Is oth linn a rá, áfach, nach bhfuil an lastas óir ar bord a thuilleadh. Tá fianaise ann gur sna míonna ó bronnadh na cearta tarrthála ar Taighde Grinnill Teoranta a tógadh an lastas luachmhar seo go mídhleathach. Tá luach saothair substaintiúil á thairiscint anois ag

Taighde Grinnill Teoranta do bhaill den phobal a thabharfaidh aon eolas ábhartha dóibh i leith na gadaíochta sin.'

Dhiúltaigh an comhlacht Taighde Grinnill Teoranta a rá le *Nuacht an Chuain* cén luach óir go díreach a bhí ar bord an *Philip Goodby* nuair a scriosadh í, ach cuimhneoidh ár léitheoirí go bhfuarthas luach 150 milliún d'airgead ar bord an *SS Gairsoppa,* galtán Sasanach a aimsíodh amach ó chósta na hÉireann roinnt blianta ó shin.

Dhiúltaigh An Garda Síochána a rá an mbeidh siadsan ag déanamh fiosrúcháin maidir leis an lastas fíorluachmhar seo atá ar iarraidh anois. De bharr go bhfuil sí faoi bhun céad bliain d'aois is cosúil nach bhfuil cosaint ag an *Philip Goodby* faoi Acht na Séadchomharthaí Náisiúnta, 1987.

'An-spéisiúil,' a deir Iain agus straois air nuair a bhí an píosa léite amach ag Caitríona. 'Anois, a Chaitríona, cé aige a raibh an ceart?'

'Níl siad ach ag rá anseo gur tógadh ... gur goideadh, ór as an soitheach. Ach níl siad ag rá gur in Oileán na Leice atá sé anois. Nach bhféadfadh sé a bheith in áit ar bith sa domhan faoi seo?'

'Cuimhnigh i gceart air,' a dúirt Bríd. 'Tá duine eicínt tar éis a shaibhreas a dhéanamh! Duine eicínt anseo in Oileán na Leice, b'fhéidir!'

'Ní fhaca mé aon duine thart anseo a raibh cuma an tsaibhris air,' a deir Caitríona.

Dúirt Bríd nár mhór don duine nó do na daoine a bhí i gceist a bheith an-chúramach.

'Ar nós dreamanna a bhuaigh an Lotto. Chomh luath agus a fhaigheann daoine amach go bhfuil siad saibhir, bíonn siad á gcrá. Chonaic mé clár ar an teilifís faoi le deireanas. Ach, dar ndóigh, sa gcás seo againne, ó tharla an dlí a bheith briste acu, bheadh an scéal seacht n-uaire níos measa.'

Ach dar le hIain ba bheag an mhaith do dhuine meall airgid a bheith aige mura bhféadfadh sé an t-airgead sin a chaitheamh.

'Is fíor dhuit,' a deir Caitríona leis. 'Ach tá bealach timpeall air sin. D'fhéadfadh duine bailiú leis as an tír ar fad agus a ainm a athrú.'

D'aontaigh Bríd gur plean an-mhaith a bheadh ann. Áit a mbeadh an ghrian i gcónaí ag scairteadh ann. Sin é an sórt a roghnódh sí féin, a dúirt sí.

'Agus mise chomh maith,' arsa Caitríona.

Ní bheadh aon locht aige féin air sin, a dúirt Iain, chomh fada is go mbeadh a ghaolta agus a chairde in ann a theacht in éineacht leis. Thóg sé an páipéar ó Chaitríona agus sháigh sé ina mhála é.

'Caithfidh mé cuimhneamh é seo a thabhairt do Shéamas nuair a fheicfeas mé é,' a dúirt sé. 'Ach coinneoidh mise orm anois, a chailíní. An mbeidh sibh thart ar ball?'

Dúirt an bheirt go siúlfaidís le hIain chomh fada leis an ionad campála.

'Feicfidh muid an bhfuil aon chuma ar na lads strainséartha a tháinig isteach anocht!' a dúirt Bríd.

'Bhí neart lads ar an mbád, ceart go leor,' a deir Iain agus déistin air. 'Ach ní fhaca mé mórán cailíní ar bord.'

'Bhuel, chomh fada is go bhfuil neart lads singile ann, beidh an bheirt againne sásta. Nach mbeidh, a Bhríd?' a dúirt Caitríona.

'M'anam féin go mbeidh. Ach tá mise le dhul suas chuig an teach ar dtús. Dúirt mé le Mamó nach mbeinn i bhfad.'

Ag an gcrosbhóthar a bhí siad nuair a chuala siad an ceol ar dtús. Ach ní ón óstán a bhí sé ag teacht, mar a bhíodh tráthnóntaí eile Aoine i dtús an tsamhraidh.

'Ní minic a airíonn tú ceol amuigh faoin aer in Oileán na Leice,' a dúirt Iain agus iontas air.

'Ach sí Oíche Sin Seáin atá ann anocht, a Iain,' arsa Caitríona. 'Tá na tinte cnámh lasta cheana féin. Nár thug tú faoi deara iad?'

'Thug ceart go leor, nuair a bhí muid ar an mbád. Ach ní raibh a fhios agam cén fáth a bhí leo. Cheap mé go raibh na peileadóirí tar éis cluiche a bhuachtáil nó rud eicínt.'

Ba ghearr go raibh ceann de na tinte cnámh le feiceáil acu thíos ar na leaca sleamhaine, ar thaobh na farraige den bhóthar. Píosa aníos ón tine, ina charnán mór millteach níos gaire don bhóthar, chonaic siad an t-ábhar tine, ábhar ar thóg sé mí ar a laghad ar lads óga an bhaile é a bhailiú. Bhí na lasracha ag léimneach san aer anois agus fir ar a míle dícheall ag tarraingt adhmad as an gcarnán agus á chaitheamh ar an tine le nach n-imeodh sí as. Chuala siad mná ag cur fainice ar na gasúir bheaga a bhí ag rith thart go spleodrach agus chuile scréach astu. Suite ar stóilín trí chos bhí fear an bhosca ceoil agus grúpa cailíní suite ar na leaca lena thaobh. Bhí Iain an-tógtha leis an rud ar fad.

'A mhac go deo! Ach cén fáth nár inis tú dom faoi seo, a Chaitríona? Murach Séamas a bheith ag teacht abhaile anocht ní bheinn anseo ar chor ar bith.'

'Cé nach raibh tú anseo riamh cheana ar Oíche Sin Seáin? Agus ar aon chaoi cheap mé go mbíonn ceiliúradh mar seo in áiteacha go leor anocht.'

'Ní dhéarfainnse go mbíonn, a Chaitríona,' a deir Bríd. 'Déarfainn gur nós é atá beagnach imithe as an saol uilig. Agus an gcreidfeá, a Iain, nach raibh mise anseo riamh ar Oíche Sin Seáin. Is i mí Iúil a thagadh muid anuas i gcónaí.'

'An mbíonn mórán craice ann, ar aon chaoi?' a d'fhiafraigh Iain de Chaitríona.

'Bíonn. Bíonn an-chraic ann i ndáiríre, tar éis do na gasúir bheaga a bheith curtha abhaile.'

'Feicim go bhfuil deatach in áiteacha eile san oileán chomh maith,' arsa Iain ansin agus é ag breathnú soir uaidh.

Mhínigh Caitríona dó go mbíonn tine chnámh ar chuile bhaile san oileán, nach mór.

'Bhuel, ar na bailte is mó, ar aon chaoi. Bíonn sórt comórtas eatarthu. Agus ansin amach san oíche tosaíonn daoine ag spaisteoireacht, ag dul thart ó thine go tine go dtí go mbíonn sé ina mhaidneachan.'

'Seantraidisiún?' a d'fhiafraigh Iain di.

'Is dóigh gurb ea. Ní inniu ná inné a thosaigh sé, ar aon chaoi.'

Rinne Iain iarracht ansin ar bhailte an oileáin a ainmniú. Bhí siad anois ar Bhaile na Leice, a dúirt sé. Ar an taobh eile díobh bhí Creig an Teampaill, ina dhiaidh sin Baile an tSagairt, Baile na Cille agus an Mhainistir. Agus ar an taobh thiar den oileán ar fad, bhí Baile an Dúna, áit a raibh an seandún a mbíodh an oiread spéise ag na turasóirí ann.

'Nach in iad ar fad?'

Ach mheabhraigh Caitríona dó go raibh cúpla baile fágtha amach aige. Dar léise, bhí dhá bhaile eile ann — Baile an Chlochair, a bhí díreach taobh thoir de Chreig an Teampaill, agus baile beag bídeach, a raibh an Móinín Dubh air.

'Drochrath air! Bhí mé siúráilte go raibh siad ar fad agam!' a dúirt Iain.

'Ach bheadh carr ó dhuine, nach mbeadh?' a deir Bríd, 'le dhul chomh fada leis na tinte cnámh eile.'

D'aontaigh Iain go mbeadh. Ach dúirt Caitríona

nach raibh an t-oileán chomh mór is nach bhféadfaí na bailte a shiúl. Cé go bhfuil fiche míle cearnach nó mar sin in Oileán na Leice, tá píosa mór den oileán nach bhfuil duine ar bith ina chónaí ann. Níl foirgneamh d'aon chineál sa bpíosa seo. Níl ann ach leaca loma aolchloiche ar shéid an ghaoth gaineamh agus cré díobh i bhfad ó shin. De bharr rialacha caomhnaithe, atá leagtha síos ag Aontas na hEorpa le fada, níl cead teach — ná cró féin — a thógáil sa gcuid seo den oileán, ná aon fheabhas a chur ar an talamh ann. Fágann sé seo nach bhfuil tithe cónaithe an oileáin chomh fada ó chéile agus a cheapfadh duine ar dtús.

'Agus nach dtuigeann sibh, ar aon chaoi, gur cuid den chraic é a bheith ag siúl na mbóithre Oíche Sin Seáin, ag castáil le daoine eile atá ar an ealaín chéanna,' a dúirt Caitríona. 'Ach rinne mé dearmad gur *townies* atá sa mbeirt agaibhse. Ní bheadh ceachtar agaibh in ann dó! Lucht na mbailte móra! Níl a fhios agam cad chuige ar thug Dia cosa dhóibh!'

'Ha! Ha!' a deir Iain. 'Tá tú chomh barúil is a bhí tú riamh, a Chaitríona Ní Fhlatharta! Ach tá carranna ag na lads óga ar fad anois. Déarfainn go mbeadh sé éasca go leor síob a fháil dá dteastódh ceann uainn.'

'Is dóigh go mbeadh,' a deir Caitríona. 'Dá dteastódh ceann uaibh.'

D'fhan siad scaitheamh ag faire ar an tine chnámh. Ach ansin dúirt Bríd nár mhór di féin a bheith ag bogadh. D'fheicfeadh sí níos deireanaí iad san ionad campála, a dúirt sí. Bhí sí ag súil le bheith ar ais faoin am a mbeadh chuile cheo socraithe ag Iain.

Nuair a bhí Bríd imithe léi thosaigh Iain agus Caitríona ag siúl go dtí an t-ionad campála. Tráthnóna aoibhinn a bhí ann. Bhí léargas breá acu anois ar Chontae an Chláir ar thaobh amháin den chuan agus ar chósta Chois Fharraige ar an taobh eile. Cé go raibh sé leathuair tar éis a hocht cheana féin bhí chaon liú le cloisteáil acu ó na páistí beaga a bhí fós ar thrá an oileáin, iad ag lapadaíl go ríméadach i mbéal an taoille. Thug an bheirt suntas freisin do na daoine fásta a bhí ag tumadh de na hailltreacha ar cheann thoir na trá agus iad beag beann ar an mbád farantóireachta a bhí ag seoladh thar bráid, ag tabhairt an chuid deireanach de thurasóirí an lae sin ar ais go céibh Dhúlainn i gContae an Chláir.

'An bhfuil a fhios agat nach féidir an t-oileán seo a bhualadh? Níl áit sa tír níos deise ná é,' a deir Iain le Caitríona.

'Is aoibhinn le chuile dhuine an áit seo, a Iain, nuair a bhíonn an aimsir go breá,' ar sise.

'Mhairfinnse anseo am ar bith den bhliain.'

'Sin é a cheapann tú, ach dá mbeifeá anseo ar feadh an gheimhridh, scéal eile ar fad a bheadh agat.'

Níor dhúirt Iain tada ach bhí a fhios aige ina chroí istigh go raibh dul amú ar Chaitríona.

Caibidil 2

Tar éis d'Iain an táille a bheith íoctha aige leis an gcailín san oifig, thosaigh sé ag breathnú ina thimpeall. Ionad breá campála a bhí acu anois in Oileán na Leice, chomh maith agus a gheofá in áit ar bith sa tír. Cuireadh síneadh leis an suíomh féin díreach in am don séasúr turas-óireachta agus bhí spás ann anois do thart ar dhá scór campa. Bhí boird picnice, ionaid bhairbiciú, seomra áise nua-aimseartha agus siopa beag ann. Bhí geata nua curtha sa sconsa a bhí ar thaobh na farraige, rud a d'fhág nach dtógfadh sé ach cúpla nóiméad ar lucht na gcampaí an trá a bhaint amach. Ach thar rud ar bith eile bhí an t-ionad campála an-lárnach ar fad, gan é ach ceathrú míle ón gcéibh agus cóngarach don ollmhargadh, d'oifigí an choiste forbartha agus d'Óstán Bharr na Céibhe.

'Tá an áit coinnithe go deas acu,' a deir Caitríona agus í ag caitheamh súil thart. 'Ní raibh mé anseo ón samhradh seo caite.'

Ach nuair a thug Iain faoi deara go raibh an t-ionad campála breac le campaí de chuile chineál, thosaigh sé ag dul in aer.

'Drochrath air … mura bhfuil na spásanna is fearr tógtha cheana féin,' a dúirt sé. 'Bhí an iomarca slíom-adóireachta orainn ar an mbealach anall ón gcéibh.'

Ach ní raibh Caitríona ag tabhairt aon airde ar Iain anois. Bhí sí ag léamh na bhfógraí a bhí crochta i bhfuinneog na hoifige, agus í ag súil go mbeadh jabanna samhraidh i measc na bhfógraí. Scinn sí trí na fógraí a bhain le tithe a bhí ag cur leaba agus bricfeasta ar fáil, rudaí a bhí le díol agus seirbhísí éagsúla a bhí ar fáil san oileán. Ach ansin chonaic sí cúpla fógra ar chuir sí suim iontu. Ina measc bhí an ceann seo:

— CÚRSAÍ TUMADÓIREACHTA —

Is cuma an tumadóir le taithí nó glanthosaitheoir thú, is féidir le Tumadh Teoranta freastal a dhéan-amh ar do chuid riachtanais.

Beidh cúrsaí do gach leibhéal cumais, ó chúrsaí lae go dtí cúrsaí a mhairfidh ar feadh seachtaine, á n-eagrú againn an samhradh seo.

Tá sárthaithí tumadóireachta ag ár n-oiliúnóirí ar fad agus tá siad lán-oilte ar a gceird. Tá na ceadúnais chuí ó Roinn na Mara faighte ag ár gcuid bád.

Is féidir gach eolas a fháil ach glaoch ar Liam de Bhál ag an uimhir 099 593592 nó ar ár suíomh idirlín tumadh.ie

Tá fáil orainn ar Facebook agus ar Twitter chomh maith.

An comhlacht a mbeadh Séamas ag obair dóibh! Bhí Caitríona fós ag léamh nuair a tháinig Iain ar ais. Bhí spás aimsithe aige, a dúirt sé, ar an taobh thall ar fad, taobh na farraige, agus ní raibh locht ar bith air mar áit. Grúpa gasóg as Baile Átha Cliath a bhí ar chaon taobh de. Ní bheadh an oiread gleo acu sin amach san oíche, shíl sé.

'Aon jabanna samhraidh?' a d'fhiafraigh sé de Chaitríona nuair a thug sé faoi deara an suim a bhí aici sna fógraí.

'Tá cailín ó dhuine de na mná tí ceart go leor, ach thall i mBaile an tSagairt atá an teach. Bheadh sé rófhada uaim. Go háirithe, ó tharla go gcaithfeá bheith ann ag a hocht ar maidin. Ach bhí mé ag léamh an fhógra seo atá ag Tumadh Teoranta. Cheap mé go mb'fhéidir go mbeadh jab eicínt acu. Ach má tá, níl siad á fhógairt. Thógfainn an rud is suaraí ar bith, fiú ag níochán na soitheach, ag an bpointe seo.'

'Ach tá na jabanna sin féin gann faoi láthair. Céard

faoi na cailíní eile? Ar éirigh le Ruth aon rud a fháil?'

'Ó! Níor inis mé dhuit. Bhí an t-ádh dearg uirthi. Tá jab aici ag tabhairt cúnaimh dá comharsa béal dorais, Cáit Tim, leis na scoláirí.'

'Agus cén chaoi a dtaitníonn sé sin léi?'

'Thar cionn. Ní raibh uaithi ach obair pháirtaimseartha. Tá 'fhios agat go gcaitheann sí breathnú amach do Chonall sa samhradh nuair a bhíonn a máthair imithe ag obair.'

'Cén chaoi a bhfuil Conall ag déanamh, ar aon chaoi?'

'Mar a chéile i gcónaí.'

'Is bocht an cás é.'

Ba í Ruth Ní Mheachair, an cara ab fhearr a bhí ag Caitríona. Bhain an bheirt an-cheart dá chéile agus nuair nach mbíodh seans acu a chéile a fheiceáil chaithidís uaireanta an chloig ag caint ar an bhfón. Nuair a théidís amach le chéile, áfach, ba í Ruth a tharraingíodh an aird ar fad. Cailín ard dathúil a bhí inti agus gruaig fhada rua síos go básta uirthi. 'D'fhéadfá a bheith i do mhainicín, a Ruth,' a deireadh máthair Chaitríona léi go minic. Ach ní saol réidh a bhí ag Ruth. Ceithre bliana déag a bhí sí nuair a gortaíodh a deartháir Conall i dtimpiste bóthair. Bhí sé féin agus beirt lads eile i gcarr, an-deireanach san oíche, nuair a bhuail siad faoi chlaí i mBaile an tSagairt. Tháinig an bheirt eile as an timpiste gan mórán gortú ach níorbh amhlaidh do Chonall Ó Meachair. Fágadh le máchail inchinne é agus bheadh sé i gcathaoir rotha an chuid eile dá shaol.

'An bhfeicfidh muid Ruth anocht?' a d'fhiafraigh Iain de Chaitríona anois.

'Cheapfainn é. Tá mé ag súil le teachtaireacht uaithi nóiméad ar bith anois.'

'Thar cionn! Tá mé ag súil go mór len í a fheiceáil. Ach breathnaigh, mura dtógfaidh mé an spás atá pioctha amach agam is amhlaidh a bheas duine eicínt eile imithe ann. Feicim go bhfuil daoine fós ag teacht.'

Nuair a thairg Caitríona cúnamh d'Iain leis an gcampa a chur suas dúirt sé nach raibh aon ghá.

'Ní thógfaidh sé meandar orm,' ar seisean. 'Ar aon chaoi, nárbh fhearr duitse fanacht san áit a bhfuil tú agus súil a choinneáil amach do Bhríd. Dúirt sí nach mbeadh sí i bhfad.'

Bhí Caitríona suite léi féin ag an mbord picnice taobh amuigh den oifig nuair a tháinig an téacs ó Ruth. Ní fhéadfadh sí castáil leo a dúirt sí. Chaithfeadh sí fanacht ag baile le Conall de bharr a tuismitheoirí a bheith coinnithe thar oíche ar an mórthír. Bhí an-díomá ar Chaitríona. Theastaigh uaithi Ruth a fheiceáil, go háirithe anocht agus a hintinn ina cíor thuathail. Chomh fada siar agus ba chuimhin léi ba iad Ruth Ní Mheachair agus Siobhán Ní Chonghaile na cairde ab fhearr a bhí aici. Thosaigh siad sa naíonra an lá céanna agus gan iad ach trí bliana d'aois. Ina dhiaidh sin ba dheacair an triúr a scaradh. Ach le bliain anuas ní raibh ann ach Caitríona agus Ruth. Nuair a thit na huimhreacha sa mbunscoil, chaill máthair Shiobhán a post múinteoireachta agus b'éigean don teaghlach an t-oileán a fhágáil ar fad. Sa gClochán a bhí muintir Uí Chonghaile ina gcónaí anois. Cé go mbíodh an triúr cailíní ag caint le chéile ar an bhfón, agus go dtagadh Siobhán le fanacht ag a seanmháthair corrdheireadh seachtaine, ní raibh siad chomh mór le chéile anois agus a bhíodh nuair a bhí an triúr ina gcónaí in Oileán na Leice.

Idir chuile rud, is beag fonn a bhí anois ar Chaitríona dhul go dtí an tine chnámh. B'fhearr léi i bhfad Éireann a bheith sa leaba lena Kindle agus an cat ag crónán ag a cosa. Shocraigh sí an soicind sin go gcumfadh sí leithscéal faoi thinneas cinn a bhuail go tobann í. Chomh luath agus a thiocfadh Bríd bhaileodh sí léi bhaile. D'fhéadfadh Iain agus Bríd dhul chuig an tine chnámh le chéile. Thosaigh an fón ina mála ag glaoch. Thóg sí amach é agus bhreathnaigh sí ar an scáileán.

'Máirtín Thomáis! Sin é an triú huair inniu,' ar sise léi féin, gan bacadh leis an nglaoch a fhreagairt.

'Bhuel, a strainséir? Cén chaoi a bhfuil an chraic? ' arsa an glór taobh thiar di nóiméad ina dhiaidh sin. Bhí a fhios aici, sular bhreathnaigh sí ar a cúl ar chor ar bith, gurb é a bhí ann.

'Maith go leor, a Shéamais. Agus cén chaoi a bhfuil tú féin?'

'Níl mé ag clamhsán. Tá tú ag breathnú thar cionn. Tá do ghruaig faighte an-fhada....'

'Ó! Tá sí an fad sin anois le bliain. Ar a laghad bliain....'

'Bhuel, ní fhaca muid a chéile le dhá bhliain.'

'Ní fhaca.'

Bhí an lá caite ag Caitríona ag samhlú céard a déarfadh sí le Séamas nuair a chasfaí uirthi é den chéad uair ach anois agus é anseo bhuail cineál cúthaileacht í. Bhraith sí go raibh seisean sórt neirbhíseach, rud a chuir iontas uirthi. Shuigh sé ar an mbinse lena taobh.

'A Chaitríona,' a dúirt sé. 'Tá go leor rudaí....' Bhí roilleach air mar a bhíonn ar dhuine a mbíonn rud ag luí ar a intinn a chaithfidh sé a chur de. 'Tá an oiread ... níl a fhios agam cá dtosóidh mé. Ach ... tá a fhios agat dhá shamhradh ó shin, nuair a ghlaoigh tú orm. Níor fhreagair mé do ghlaoch. Tá náire orm faoi sin. Bhí rún agam, nuair a bheinn socraithe síos thall, scéal a chur chugat ... ach de réir mar a bhí an t-am ag dul thart bhí sé níos deacra....'

'Tarlaíonn rudaí mar sin,' a dúirt Caitríona. 'Nuair a chuimhníonn tú i gceart air bhí muid an-óg.'

'Is dóigh go raibh, ach níl a fhios agam ab in leithscéal! Ach ar aon chaoi, a Chaitríona, mura bhfuil sé ró-dheireanach, ba mhaith liom a rá go bhfuil an-bhrón orm. Go bhfuil an-aiféala orm go raibh mé chomh mí-mhúinte....'

'Tá sé ceart go leor!'

B'fhearr le Caitríona ná tada go stopfadh sé. B'fhearr léi i bhfad dearmad a dhéanamh ar an samhradh áirithe sin agus ar na rudaí a thit amach lena linn.

'D'airigh mé go mbeidh tú ar ais sa scoil againn sa bhfómhar,' ar sise le fonn dhul ar mhalairt comhrá.

'Beidh.'

'Agus tá jab faighte agat leis an Ionad Tumadóireachta.'

'Tá! Bhí an t-ádh dearg orm! Dá bhfeicfeá a raibh de dhaoine ag an agallamh agus gan ag teastáil ón Ionad ach beirt.'

'Ach ní raibh a fhios agam go mbíonn tú ag tumadóireacht!'

'Tá cúpla cúrsa déanta agam anois. Nuair a chuaigh mé go Ceanada ar dtús níor theastaigh ó Dhaid go mbeinn a' mháinneáil thart díomhaoin tar éis na scoile. "Contúirtí na cathrach!" Tá fhios agat féin an chaoi a mbíonn tuismitheoirí. Thosaigh sé ag bailiú eolais dom faoi ranganna agus cúrsaí a bhí ar siúl sa gceantar a d'fheilfeadh do mo leithidse. Ar deireadh, díreach len é a shásamh, shocraigh mé go ndéanfainn cúrsa tumadóireachta. Ní chreidfeá cé chomh buíoch is atá mé anois dhe. Murach gur choinnigh sé i mo dhiaidh an t-am sin, ní bheadh an jab seo agam agus....'

Ach cuireadh isteach ar a chuid cainte nuair a leagadh leathdhosaen buidéal beorach ar an mbord picnice a bhí os a gcomhair amach. Ansin shuigh beirt lads, a raibh braon maith caite acu, ar an mbinse folamh ar an taobh eile den bhord. Thug an té ab óige, a d'fhéadfadh a bheith fós sa mbunscoil, faoi deara gur Gaeilge a bhí Caitríona agus Séamas ag labhairt. Thosaigh sé ag ráiméiseáil ... 'Is féidir liom. Is féidir leis ... hey, what's the one after that...,' Níor thug Caitríona ná Séamas aird ar bith air. Ach ansin thosaigh an dara duine, a bhí beagán níos sine, ag baint lán na súl as Caitríona.

'Is maith liom cáca milis. Is maith liom uachtar reoite,' a dúirt sé seo. Agus ansin nuair nach bhfuair sé aon fhreagra, 'Is maith liom cailín deas. Tá tú cailín deas.'

Cé go raibh a ceann coinnithe fúithi ag Caitríona d'éirigh sí féin agus Séamas den stól díreach ag an nóiméad céanna.

'Meastú cá'il Iain?' a dúirt Séamas go mífhoighneach agus é ag breathnú timpeall an ionaid champála.

Bhí mo dhuine ag an mbord picnice fós ag cur de, é anois ag eascaine faoi nach raibh a dhóthain Gaeilge aige le fiafraí de Chaitríona an raibh sí ag siúl amach le Séamas. Dhearg Caitríona nuair a chuala sí an chaint seo taobh thiar di. Chaith sí leathshúil go cúthaileach i dtreo Shéamais. Ach bhí seisean tar éis a dhroim a iompú léi go tobann agus é ag útamáil lena fhón póca.

'Tá súil agam go bhfuil Iain réidh le n-imeacht,' a deir Caitríona ar son rud eicínt a rá. 'Níor mhaith liom a bheith ina bhróga san áit seo anocht. Déarfainn go mbeidh aiféala fós air nach sa teach se'agaibhse a d'fhan sé.'

Nuair a tháinig siad suas le hIain ar deireadh bhí chuile rud réitithe aige. Ansin d'fhág an triúr an t-ionad campála agus shiúil siad suas an cnoc de réir a gcoise, ag súil go gcasfaí Bríd orthu ar a bealach anuas. D'fhiafraigh Caitríona de Shéamas an raibh sé fíor go raibh metal detector ceannaithe aige.

'Tá,' a dúirt sé. 'Tá ceann agam, ceart go leor. Ach ná ceap gur ag dul ag tóraíocht na taisce seo atá mé! Is deis é a raibh an-suim agam ann i gcónaí agus tá rudaí mar é i bhfad níos saoire i gCeanada.'

'Is dóigh go bhfuil chuile rud níos saoire thall ansin,' a dúirt Iain.

'Tá mé ag déanamh amach go bhfuil. Ach taobh amuigh de sin uilig d'fheicfeá an t-uafás giúirléidí sna siopaí ann nach bhfeicfeá riamh anseo in Éirinn.'

San áit a rabhadar anois ní raibh na tithe chomh gar dá chéile agus a bhí in íochtar an baile. Bhí na claitheacha aolchloiche níos airde chomh maith agus d'fheicfeá beithígh agus capaill sna buailteacha, ag iníor nó ina luí ansin go suaimhneach. Ag barr an chnoic, sheas an triúr agus d'iompaíodar timpeall. B'aoibhinn an radharc é. Baile na Leice thíos fúthu agus feiceáil bhreá amach ar Chuan gorm na Gaillimhe. Chaith siad tamall seasta ar an gcnoc ag faire ar an dá luaimh a bhí ag seoladh go maorga éadrom trasna an chuain.

Choinnigh siad orthu ag siúl ansin agus ba ghearr go raibh siad taobh amuigh den teach ceann tuí a raibh Bríd ag fanacht ann. Ba le Mamó Bhríd agus Chaitríona, Caitlín Liaimín mar a thugtaí san oileán uirthi, an teach ceann tuí sin.

'Nach deas iad na tithe ceann tuí,' a deir Iain agus é ag baint lán na súl as an teach. 'Tá an ceann seo gleoite ... ar nós rud a d'fheicfeá ar chárta poist. Is é an trua nach bhfuil níos mó acu san oileán.'

'An bhfuil tú ag rá liom nach bhfaca tú an teach seo cheana?' a d'fhiafraigh Séamas dá chara agus iontas air.

'Ní raibh mé chomh fada seo suas an baile riamh cheana,' a deir Iain.

D'fhiafraigh Séamas de Chaitríona faoin gclaí deas cloiche a bhí tógtha timpeall an tí agus faoin gcosáinín déanta as clocha daite duirlinge a bhí ag dul ón ngeata go dtí doras an tí. Bhí bláthanna cumhra ildaite ag fás ar dhá taobh an chosáinín seo.

'Sé Daid a thóg an claí agus a rinne an cosáinín,' a dúirt Caitríona leis.

'Is sa teach seo a tógadh d'athair?' arsa Iain.

'Ó, ní hea. Is í mo mháthair a tógadh anseo. Agus tógadh Maitiú, athair Bhríd ann.'

'Agus an bhfuil an teach se'agaibhse i bhfad as seo?' a d'fhiafraigh Iain de Chaitríona ansin.

Cé go raibh aithne ag Iain ar Chaitríona ó bhí an bheirt acu i dtús na ndéaga níor thug sí chuig an teach riamh é. Níor ghnách le Caitríona a cairde a thabhairt chuig an teach, go háirithe dá mba bhuachaillí iad. Shíl sí go raibh a hathair, Peadar Choilm Ó Flatharta, i bhfad róchaidéiseach. De bharr go gcuireadh sé 'an oiread ceisteanna, bhíodh faitíos ar Chaitríona gurb amhlaidh a bheadh sí náirithe aige os comhair a cairde.

'Níl sé ach píosa beag suas an bóthar ansin, a Iain,' a dúirt Caitríona agus í ag síneadh a méire. 'An bhfeiceann tú an bungaló buí a bhfuil doras donn air? Sin é é.' D'oscail sí an geata. 'Feicfidh mé céard atá ag cur moille ar Bhríd. Tá súil agam nach tada atá ar Mhamó.'

Isteach léi, ach taobh istigh de mheandar bhí doras an tí oscailte arís aici.

'Tá cúpla jab le déanamh ag Bríd do Mhamó, a lads,' ar sise. 'Níor cheart go dtógfadh sé i bhfad uirthi. Ach tá Mamó ag iarraidh oraibh a theacht isteach an fhad is a bheas sibh ag fanacht.'

'Níl a fhios agam ...' a deir Iain, nach raibh aon fhonn isteach air.

'Nach bhfuil muid ceart go leor san áit a bhfuil muid?' arsa Séamas, a bhí ina shuí anois go compordach ar chlaí beag íseal ar an taobh eile den bhóthar.

Cé go raibh go leor cloiste ag Séamas agus ag Iain faoi sheanmháthair na gcailíní, ní raibh aithne ag ceachtar acu uirthi.

'Ach caithfidh sibh a theacht isteach,' a dúirt Caitríona go húdarásach. 'Mura dtiocfaidh, tosóidh sí ag sciolladh ormsa. Gabhaigí i leith uaibh.'

Faoin am seo, bhí an tseanbhean í féin ina seasamh

sa doras, lámh amháin aici ar a maide siúil agus í ag sméideadh isteach ar an mbeirt leis an lámh eile. Thuigeadar ansin nach raibh an dara rogha acu!

'A Chaitríona,' a dúirt Mamó chomh luath agus a bhí siad istigh, 'déan cupán tae do do chairde, mar a dhéanfadh bean mhaith. Agus beidh cupán agam féin freisin. Cuir dhá spúnóg siúcra ann. Ach ... arís ar ais ... b'fhéidir gurbh fhearr le lads óga rud eicínt seachas tae. Is fearr a bheidh a fhios agat féin, a Chaitríona. Tá a fhios agat cá mbíonn chuile cheo coinnithe againn sa gcistineach.'

Shiúil Caitríona tríd an seomra mór a raibh tine bhreá mhóna lasta ann. Ansin d'oscail sí an doras a thabharfadh isteach sa gcistineach í, cistineach a cuireadh siar amach as an teach roinnt blianta roimhe sin. Ní bheadh a fhios ag duine ag breathnú ar an teach ón taobh amuigh go raibh an oiread oibre déanta istigh len é a dhéanamh níos compordaí agus níos nua-aimseartha.

Chuir Caitlín Liaimín fód móna ar an tine. Tharraing sí a cathaoir uillinn níos gaire don tine agus shuigh sí siar inti.

'An gcreidfeadh sibh anois,' a dúirt sí go dobhrónach, 'ach go mbíonn tine lasta agamsa chuile lá, sa samhradh féin. Ní fios cé chomh mór is a ghoileann an fuacht orm na laethanta seo. Ach sin í anois an tseanaois dhuit agus níl a dhath is féidir le aon duine a dhéanamh faoi.'

'Níl,' a dúirt Séamas agus é ag caitheamh faoi ar an tolg a bhí ar an taobh eile den seomra ón tine.

Bhí caidéis faighte ag Iain anois do na seanghrian-ghraif a raibh ballaí an tseomra breac leo. Chuaigh sé ó cheann go ceann ag déanamh grinnstaidéir ar na grianghraif dhubh is bán, a thug léargas ar shaol oileáin a bhí anois imithe. Bhí fir sa gcladach le linn rabharta; bean a raibh cóta dearg agus seáilín uirthi ag caitheamh cléibhe feamainne ar iomaire; seanbhean ag cniotáil sa gclúid; buachaillí cosnochta ag marcaíocht ar asail....

'Tá na pictiúirí seo go hálainn,' arsa Iain. 'Tá siad gleoite ar fad.'

'Tá siad go rídheas,' a dúirt an tseanbhean go mórtasach. 'Fear strainséartha a chuir iad sin sa bposta chugainn cúpla bliain ó shin. Ní raibh sé féin anseo riamh ach nuair a bhí a athair ina fhear óg is cosúil go mbíodh sé ag teacht chuig an oileán ar laethanta saoire. Is sa teach se'againne a bhíodh sé ag fanacht. Ar ndóigh, sin blianta fada sular phós mise isteach sa teach.'

'Meastú an bhfuil aon seans go mbeinn in ann cóipeanna a fháil?'

'Tá cóipeanna déanta ag Sorcha díobh,' a deir Caitlín. 'Má fhiafraíonn tú de Chaitríona.'

'Thar barr,' arsa Iain agus shuigh sé ar an tolg le taobh Shéamais. 'Is aoibhinn liom pictiúirí den sean-saol.'

Ina dhiaidh sin, thosaigh Caitlín Liaimín ag baint cainte as Iain agus Séamas. Nuair a fuair sí amach cé ar leis Séamas, d'inis sí dó go raibh seanaithne aici ar a sheanuncail, Pádraig an Táilliúra. Ní hé amháin go raibh an bheirt acu ina gcomhaoiseacha ach bhíodar sa rang céanna ag an scoil. Theastaigh ó Chaitlín a fháil amach cén chaoi a raibh Pádraig ag coinneáil.

'Tá sé ag coinneáil go maith,' a dúirt Séamas. 'Beidh sé ag teacht anall in éineacht le Daid an chéad mhí eile. Tá sé scaitheamh anois ó bhí sé ag baile.'

'Muise, nach iontach go deo an saothraí é, bail ó Dhia air. Ní bheinnse in ann do thuras fada mar sin. Tá mé maraithe ag na scoilteacha. 'Bhfuil a fhios agat céard é féin ach gur ar éigean atá mé in ann dul chuig an Aifreann agus gan an séipéal ach suas an bóthar uaim. Bhuel, déarfaidh tú le Pádraig an Táilliúra, ar aon chaoi, go raibh Caitlín Liaimín ag cur a thuairisce.'

'Déarfaidh.'

'Agus ... b'fhéidir go dtabharfá anseo ar cuairt chugam é! Ba mhaith liom é a fheiceáil arís.'

'Déanfaidh mé é sin,' a deir Séamas.

'I dToróntó atá sé nach ea ... san áit a raibh tú féin agus d'athair, cloisim. Ach cogar mé seo leat, an raibh teach ag an mbeirt agaibh daoibh féin nó ab é an chaoi a raibh sibh ag maireachtáil in éineacht le Pádraig?'

Bhí Caitríona ag teacht isteach ón gcistineach nuair a chuala sí an cheist dheireanach a chuir a Mamó ar Shéamas. Dhearg sí, í náirithe go mbeadh a seanmháthair chomh fiosrach. Céard a cheapfadh Séamas ar chor ar bith?

'Feicfidh mé céard tá Bríd a dhéanamh,' a dúirt sí gan breathnú ar aon duine acu.

Leag sí an tráidire ar an mboirdín a bhí i lár an urláir agus bhailigh sí léi arís.

Agus í ag teacht isteach sa seomra suí, deich nóiméad ina dhiaidh sin, thabharfadh Caitríona an leabhar go raibh seanaithne ag an triúr a bhí istigh ann ar a chéile. Chuala sí chaon scairt ó na lads, iad séalaithe ag gáirí faoi rud eicínt a bhí Mamó tar éis a rá. Agus bhí sé soiléir go raibh an tseanbhean ag baint an-sásaimh as a gcomhluadar siúd. Cé a chreidfeadh é!

'Tá Bríd ag athrú a cuid éadaí ach ní thógfaidh sé nóiméad uirthi,' a dúirt Caitríona agus thosaigh sí ag cur uirthi a seaicéad.

'Cá'il do dheifir?' a d'fhiafraigh Séamas di.

'Dheara, fan agat féin, a Chaitríona,' a deir Iain. 'Bhí muid díreach ag fiafraí de do Mhamó faoin ór seo atá i dtaisce san oileán.'

'In ainm is a bheith,' arsa Caitríona.

'Na scéalta sin a bhí sna páipéir agus ar an teilifís,' a deir Séamas le Caitlín Liaimín. 'Bhí siad an-áiféiseach, nach raibh?'

'Áiféiseach, sin focal breá air,' arsa an tseanbhean á fhreagairt. 'Ach an bhfuil a fhios agaibh gur cuimhin liomsa nuair a cuireadh an soitheach sin go grinneall. Bhí mé óg ach is maith is cuimhin liom é.' Chaith sí leathshúil ar Chaitríona, a bhí ag guairdeall i ngiall an dorais. 'Ach is dóigh go bhfuil deifir amach oraibhse.'

'Is leor nod don eolach,' a deir Caitríona faoina hanáil.

Bhain sí di a seaicéad agus chuir sí cúpla fód móna ar an tine. Ansin bhuail sí fúithi ar an tolg ar an taobh eile d'Iain agus chuir sí cúisín lena droim. Bheadh sé chomh maith di a bheith ar a compoird. Bhí fonn scéalaíochta ar Mhamó agus nuair a thosódh sí ar an seanchas d'fhéadfaidís a bheith suite ansin go maidin!

Caibidil 3

Cé go raibh sé ag tarraingt ar a haon déag agus Caitríona, Séamas, Bríd agus Iain ag fágáil teach Chaitlín Liaimín, bhí an chuid deireanach de sholas an lae fós le feiceáil sa spéir. Shocraigh siad go rachaidís go dtí an tine chnámh ba chóngaraí, ceann Bhaile na Leice ar dtús. Mura mbeadh aon chraic ansin, thabharfaidís a n-aghaidh ar Chreig an Teampaill, a dúradar le chéile.

'Is iontach an bhean í an Mamó sin agaibhse,' a dúirt Iain leis na cailíní agus é ag dúnadh an gheata ina ndiaidh. 'Ní cuimhin liomsa ceachtar de mo sheanmháithreacha. Bhí duine acu caillte sular rugadh mé agus cailleadh an bhean eile nuair a bhí mé bliain nó mar sin. Ní thuigeann sibh ach an t-ádh atá oraibh.'

'Tá mo Mhamósa, máthair Dhaid fós beo,' arsa Séamas go ciúin smaointeach. 'Ach tá sí amuigh sa teach altranais sin ar an gCeathrú Rua le fada an lá. Ní aithníonn sí aon duine níos mó. Tá sé truamhéalach ... bhrisfeadh sé do chroí. Ach m'anam féin nach bhfuil aon sifil seanaoise ar Chaitlín Liaimín.'

'D'fhéadfá a rá nach bhfuil,' a deir Caitríona. 'Ní tharlaíonn a dhath beo i ngan fhios di.'

'Bhí mise chomh siúráilte leis an lá,' a deir Séamas, 'go bhfaighinn bata agus bóthar uaithi chomh luath agus a d'oibreodh sí amach cé ar leis mé. Ach bhí sí chomh deas lena bhfaca tú riamh. Ní hanann agus cuid eile acu thart anseo....'

'Is cuma le Mamó céard a cheapann daoine eile. Is maith léi a hintinn féin a dhéanamh suas,' a dúirt Bríd.

'Bean neamhspleách í, mar sin,' a deir Iain.

Lig Caitríona scairt gháire aisti. Bhí sí ag cuimhneamh ar an ruaille buaille a bhí ann an geimhreadh roimhe sin, tráth a raibh a tuismitheoirí ag iarraidh a chur ina luí ar a seanmháthair gur cheart di teacht a chónaí sa teach leo. Ar a laghad nó go mbeadh an geimhreadh caite.

'Neamhspleách,' a dúirt Caitríona. 'Sin focal deas múinte. Is minic a chloistear focla nach bhfuil leath chomh deas leis sa teach se'againne. Focla ar nós ... 'ceanndána' ... 'chomh stobarnáilte le muic' ... agus rudaí eile nár mhaith liom a rá!'

'Bhuel, ba cheart daoibh a bheith buíoch go bhfuil sí ceanndána agus stobarnáilte,' a deir Séamas. 'Le hais í a bheith caite in ospidéal nó i dteach altranais, mar atá seandaoine eile. Agus gan a fhios aici an bhfuil sí ann nó as.'

Sméid an triúr a gcinn, iad ar aon fhocal leis.

'An méid a bhí le rá ag Mamó faoin *Philip Goodby*,' a dúirt Bríd tar éis scaitheamhín. 'Bhí sé suimiúil, nach raibh?'

Bhí sí féin sna déaga nuair a thosaigh an dara cogadh domhanda, a dúirt Caitlín Liaimín leis an dream óg níos túisce san oíche. Cé gur i lár na hoíche a bádh an soitheach a rabhadar uilig ag caint anois uirthi chuala daoine go leor an pléasc, ar gheall le plimp thoirní é. Dúirt Pat Éamainn, a bhí amuigh ar na creaga le bó a bhí ag breith, nach é amháin go raibh an pléasc uafásach seo ann, a chuirfeadh an t-anam trasna i nduine, ach go bhfaca sé lasracha ag dul in aer amach ó dheas den oileán. Cúpla lá ina dhiaidh sin tháinig corp i dtír in áit a dtugtar Cloch Chormaic air agus cuireadh ar an duirling é, píosa aníos ón áit ar tháinig sé i dtír. Ghlac muintir an oileáin leis gurb amhlaidh a bhí soitheach eile curtha go tóin poill ag na Gearmánaigh laethanta roimhe sin agus gur mhairnéalach as an soitheach seo a bhí sa bhfear báite.

'Ar feadh seachtainí ina dhiaidh sin,' ar sise, 'ní raibh caint ar thada ach é. Bhí daoine áirithe ag déanamh amach go bhféadfadh cuid de na mairnéalaigh a bhí sa soitheach a bheith tagtha slán. Mar a tharla i gcás an *Arcadia* an bhliain roimhe sin. Bhí seans ann, síleadh, go snámhfadh daoine i dtír nó go dtiocfaidís sna báid tharrthála bheaga a bhíonn ar bord. Ach nuair a bhí seachtain caite agus gan aon Germans tagtha i dtír ina mbeatha, ní rachadh an dream óg, mo chuidse comh-aoiseacha agus dream níos sine, i ngar don chladach beag ná mór, ar fhaitíos go mbeadh tuilleadh corp ann. Ach ní hin le rá nach raibh daoine fásta fós ag siúl le cladach. Ag cuartú raice a bhí siad sin. Ag an am, an dtuigeann sibh, bhí muintir an oileán beo bocht agus is iad a bhíodh buíoch dá gcaithfeadh an fharraige aon rud fiúntach i dtír, mura mbeadh ann ach an 'maide coille' a dhéanfadh ábhar tine dóibh.'

Ach an dream seo a théadh amach ag cuartú raice bhídís thar a bheith cúramach, a dúirt Caitlín Liaimín lena beirt gariníonacha agus a gcairde. Ní raibh dearmad déanta fós ar an tubaiste uafásach a tharla nuair a phléasc mianach farraige ar thrá an Locháin Bhig i gCois Fharraige le linn an chéad chogaidh.

'Léigh mé tuairisc air sin,' a dúirt Iain, ag cur isteach ar an seanchas. 'Is amhlaidh a tháinig iascairí ar "bharraille" ag snámh ar bharr uisce píosa amach ó thrá an Locháin Bhig. Tharraing siad isteach ar an trá é, ach nár phléasc sé nuair a bhí siad á scrúdú. Mianach farraige a bhí ann agus mharaigh sé na hiascairí chomh maith le daoine eile a tháinig anuas le breathnú orthu á thabhairt isteach.'

'Sin é go díreach a tharla,' a dúirt Caitlín Liaimín agus í ag breathnú isteach i gcroí na tine, 'na créatúir. Ach buíochas mór le Dia … níor tharla aon cheo mar sin in

Oileán na Leice. Tháinig go leor raice i dtír, ceart go leor, adhmad go háirithe, sna seachtainí ina dhiaidh sin. Ansin, tar éis scaithimh, ligeadh an scéal i ndearmad ar fad. Ní raibh a fhios ag an nglúin óg atá anois ann gur tharla a leithid riamh, sin nó gur thosaigh dream ón taobh amuigh ag iarraidh a fháil amach faoi.'

'Níor airigh mise riamh faoi,' a deir Caitríona.

'Ná mise,' arsa Séamas.

'Nach hin é atá mé á rá,' a dúirt Caitlín.

'Ach an scéal seo faoi Thaisce Oileán na Leice...,' a dúirt Iain.

'Níor chuala muide go raibh aon cheo luachmhar sa soitheach seo a bhfuil mise ag caint uirthi,' a deir Caitlín Liaimín agus bhain sí croitheadh as a cloigeann. 'Ach arís ar ais, dá mbeadh sé ann, cén chaoi a mbeadh a fhios againne tada faoi?'

Bhí an ceathrar fós ag plé an scéil agus iad ag teannadh leis an óstán. Thug siad faoi deara nach raibh an gnáthrírá ann a mbeifeá ag súil leis oíche Aoine. Ach is ar sheanchas Chaitlín Liaimín seachas ar ghnó an óstáin a bhí a n-aird. Ba léir go ndeachaigh a scéal i bhfeidhm go mór orthu uilig.

'D'fhéadfadh na coirp a bheith fós istigh sa soitheach, tá a fhios agat,' a deir Iain.

'Ach an mbeadh aon choirp fágtha tar éis pléascadh mar sin?' a d'fhiafraigh Séamas d'Iain.

'Seans nach mbeadh.'

'Ach mar sin féin … is cineál uaighe atá sa soitheach,' arsa Bríd.

'An bhfuil sé ceart a bheith ag plé léi beag ná mór?'

'Sin é an rud céanna a bhí mé féin ag cuimhneamh air,' a dúirt Iain.

'Sé an rud atá ag baint na meabhrach díomsa,' a deir Caitríona, 'ná gur tharla sé seo uilig chomh gar don áit ar rugadh agus ar tógadh mé ach nach raibh a dhath cloiste agam faoi go dtí anois.'

'Sea,' a dúirt Bríd, ag aontú lena col ceathrar. 'Agus, ó tharla gur cuimhin le daoine atá fós beo é, níl sé chomh fada sin ó shin ach an oiread.'

'Tá go leor nach n-insítear dúinn,' a dúirt Séamas. 'Ceapann an seandream gur fearr rudaí áirithe a cheilt.'

'Ní dhéanann sé sin aon leas d'aon duine,' arsa Iain.

'A mhalairt uilig,' a deir Caitríona.

'Nuair a bhíonn tú ag léamh faoin gcogadh i leabhar staire,' arsa Bríd, 'nó ag breathnú ar chlár faoi ar an teilifís, bheadh spéis áirithe agat ann, ach fós féin ní rud é a bhfuil aon bhaint phearsanta aige leat. Is rud eile ar fad é seo….'

'Tuigim an rud atá tú á rá,' a dúirt Séamas. 'Stair bheo atá anseo dúinne.'

Díreach ansin theann an ceathrar isteach leis an gclaí, le go ligfidís tharstu an carr nó an veain a chuala siad ag teacht taobh thiar díobh. Ach is amhlaidh a mhoilligh an veain dearg nuair a bhí sé lena dtaobh. Chuir an tiománaí óg an fhuinneog anuas agus sháigh sé a chloigeann amach. Chonaic siad sa gclapsholas go raibh duine eile i suíochán an phaisinéara ach ba dheacair é nó í a dhéanamh amach.

'Haigh! 'Chaitríona! Cheap mé gur tú a bhí ann. An bhfuil bealach uait?' a dúirt Máirtín Thomáis.

'Tá tú togha, go raibh maith agat, a Mháirtín,' arsa Caitríona.

'Ghlaoigh mé ort scaitheamh ó shin. Tar éis don bhád a theacht. Ach níor fhreagair tú,' a dúirt Máirtín.

'Ó! Caithfidh go raibh an comhartha go dona san áit a raibh mé ag an am....'

'Cén dochar. Ach gabh i leith uait, ar aon chaoi. Tá muide ag dul soir go Creig an Teampaill. D'airigh muid gur thoir ann atá an chraic. Tá neart spáis agam sa veain do do chairde chomh maith.'

'Bhí muid le ghabháil chuig an tine chnámh thíos anseo ar dtús,' a dúirt Caitríona. 'Ceann Bhaile na Leice. Ach b'fhéidir ina dhiaidh sin....'

'Cibé céard a cheapann tú féin,' a dúirt Máirtín Thomáis. 'Ach, má bhíonn bealach uait níos deireanaí, cuir glaoch orm. Tiocfaidh mé anall do d'iarraidh.'

Dhún sé an fhuinneog agus, ar iompú do bhoise, bhí an veain imithe ar luas lasrach síos an cnoc.

'Go sábhála Mac Dé sinn! An bhfaca tú é sin? Má tá na gardaí san oileán anocht beidh sé sin i dtrioblóid,' a deir Iain.

'M'anam go mbeidh,' a dúirt Bríd.

Ach ní hiad na gardaí ná cúrsaí luais a bhí ag déanamh imní do Shéamas. Chomh luath agus a fuair sé Caitríona léi féin, an bheirt eile píosa beag chun cinn orthu, chuir sé cogar ina cluais.

'Ní raibh a fhios agam go raibh tú muinteartha le Máirtín Thomáis?'

Bhí Caitríona ag eascaine léi féin anois. An Domhnach roimhe sin cheap a cairde go raibh an t-ádh dearg uirthi nuair a shiúil Máirtín Thomáis abhaile ón dioscó léi. Bhí Máirtín slachtmhar, bhí sé críochnaithe sa gcoláiste agus bhí sé tar éis bád agus veain nua a cheannach. Is iomaí cailín a raibh súil aici air, a dúirt a cairde le Caitríona. Ach bhí Caitríona i gcás idir dhá chomhairle ón tús. Agus b'in sular tháinig Séamas Jim abhaile ar chor ar bith!

'Dheara, níl mé. Níl tada ann,' a dúirt sí anois le Séamas. 'Ó fuair sé an chéim agus an veain tá an oiread gaisce aige. Bí ag caint ar éirí in airde! Ó sea, agus tá bád ceannaithe aige chomh maith.'

'Ag magadh atá tú? Agus gan é ach críochnaithe sa gcoláiste? Tá sé ag déanamh go maith dó féin.'

'Is cosúil go bhfuil. Ach tá sé ag ceapadh anois go bhfuil na cailíní ar fad fiáin ina dhiaidh.'

'Agus an bhfuil tusa fiáin ina dhiaidh, a Chaitríona?'

'Níl mé, ná a leithid de rud!'

'Go maith,' a deir Séamas.

Ní raibh Caitríona cinnte céard a dhéanfadh sí de seo. 'Go maith' mar nár thaitin Máirtín Thomáis leis ar chúis eicínt? Nó 'Go maith' mar gheall ar nach raibh sí ag gabháil in éineacht le aon duine? B'aoibhinn léi a fháil amach céard a bhí i gceist ag Séamas ach ansin bhí Iain lena dtaobh arís.

'Ceist agam ort, a Shéamais,' a deir Iain. 'Cé chomh héasca agus a bheadh sé rud a ghoid as an raic … as an *Philip Goodby*?'

'Ní bheadh sé éasca. Tá tú ag caint ar bhád atá thíos ar ghrinneall na farraige. Ochtó méadar a bhí sa bpáipéar, nach ea? Bheadh an deis ceart uait, ROV nó AUV….'

'Céard dó a seasann AUV?'

'Autonomous underwater vehicle.'

'Tá tú ag rá mar sin nach mbeadh tumadoirí in ann dul síos?'

'Bheadh sé an-dainséarach.'

Ceist eile ar fad a bhí ag Bríd ar Shéamas.

'An gcreideann tusa, a Shéamais?' a d'fhiafraigh sí de, 'gur anseo san oileán a cuireadh an taisce, an t-ór a goideadh, i bhfolach?'

Dúirt Séamas nár chreid sé gurbh ea. Shíl sé gurb amhlaidh chum oileánach eicínt an scéal do na hiriseoirí le teann diabhlaíochta an chéad lá riamh.

'Thiocfainnse le Séamas sa méid sin,' arsa Caitríona. 'Nach gcaitheann siad leath dá saoil ag cumadh thart anseo. Is iontach go deo an caitheamh aimsire é, go háirithe sa ngeimhreadh nuair nach mbíonn faic na ngrást le déanamh.'

Ba é Iain an t-aon duine den cheathrar a bhí siúráilte go raibh ór an *Philip Goodby* curtha i bhfolach in Oileán na Leice. Agus, is cuma céard a déarfadh aon duine eile faoin scéal, ní fhéadfaidís a mhalairt a chur ina luí air.

Nuair a tháinig an ceathrar chomh fada leis an tine chnámh, ní raibh súil acu go mbeadh slua chomh mór, idir oileánaigh agus turasóirí, bailithe le chéile ann, iad ag baint sásaimh as an oíche aoibhinn amuigh faoin aer. Ceathrar ceoltóirí a bhí anois san áit a bhfacadar ceoltóir aonair roinnt uaireanta an chloig roimhe sin. Ar cheann de na leaca sleamhaine bhí an damhsóir sean-nóis, Ciarán Seoighe, fear a thug an chéad duais leis ag Oireachtas na Samhna an bhliain roimhe sin, ag cur geáitsí damhsa air féin. Chomh luath agus a thosaigh Ciarán ar a dhreas rince, seo leis an lucht féachana ag bualadh a gcosa faoin talamh ag coinneáil leis an gceol agus chaon liú molta astu leis an bhfear óg a ghríosú. Ní raibh stopadh ar bith ar na turasóirí a bhí i láthair ach ag tógáil pictiúirí.

'An bhfeiceann sibh mo dhuine ansin agus a dhroim leis na ceoltóirí aige? An fear meánaosta?' a deir Séamas leis an triúr eile agus iad ag déanamh a mbealach síos ón mbóthar go dtí an tine.

'An fear beag maol leis an gcroiméal? Agus léine bhán air?' a d'fhiafraigh Iain de.

'Go díreach. Sin é an Boss.'

'Sin é Tumadh Teoranta?' a d'fhiafraigh Caitríona, agus iontas uirthi.

'Liam de Bhál an t-ainm atá air,' a dúirt Séamas, agus thosaigh sé ag gáire.

Bhí pionta ina láimh ag an bhfear a raibh Séamas ag tagairt dó, agus é ag iarraidh bleid a bhualadh ar dhuine de na mná a bhí ag cur suime sa gceol. Tar éis tamaill, nuair nár thug an bhean aon ugach dó, d'iompaigh Liam de Bhál thart agus thosaigh sé ag breathnú ina thimpeall. Ba ghearr go raibh sé ag déanamh caol díreach anall ar Shéamas.

'A Shéamais, a chara, conas atá tú?' a dúirt sé agus chuir sé a lámh timpeall ar a ghualainn.

Nuair a chuir Séamas an triúr a bhí in éineacht leis in aithne do Liam de Bhál, chroith sé lámh leo ina nduine is ina nduine.

'Conas a 'thánn sibh?' a dúirt sé go suáilceach. 'Tá an chraic go diail anso ambaist. Is í Gaolainn na Mumhan a d'fhoghlaim mise ar scoil. Agus ní thuigim Gaeilge Oileán na Leice rómhaith. B'fhéidir go mbeidh na cailíní seo ábalta Gaeilge an oileáin a mhúineadh dom.'

Ach ansin, mar a bhuailfeá do dhá bhois ar a chéile, bhí cailíní agus buachaillí de bhunú an oileáin ag déanamh a mbealach anall le fáilte abhaile a chur roimh Shéamas Jim.

'Ach tá sibh busy, chím,' a dúirt Liam nuair a chonaic sé an grúpa a bhí ag déanamh anall orthu. 'Cad é an focal atá agaibhse ar "busy"?'

'Cruógach,' a deir Séamas.

'Bhuel tá sibhse cruógach agus tá mise tuirseach. Oíche mhaith,' a dúirt Liam de Bhál. 'Ná coinnigí ina shuí ródhéanach é, a chailíní.' Chaoch sé an tsúil ar Chaitríona agus ar Bhríd, chuir sé a cheann faoi agus thug sé a aghaidh suas ar an mbóthar.

'Ní thaitneodh sé liom. Tá rud eicínt aisteach faoi,' a deir Bríd, nuair a bhí an fear imithe uathu. 'Níl a fhios agam tuige, ach ní raibh aon fhonn orm lámh a chroitheadh leis.'

'Ní gheobhainnse aon locht air,' arsa Iain. 'Déarfainn gur duine thar a bheith spéisiúil é. Caithfidh sé go bhfuil an-lear eolas aige faoin bhfarraige, faoi na raiceanna agus chuile....'

'Cogar, a Chaitríona!' Chuir duine de na cailíní eile isteach ar a chuid cainte. 'Cé hé mo dhuine a bhí ag caint libh ansin ar ball?'

'Sin é an fear atá os cionn na tumadóireachta,' arsa Caitríona. 'Beidh Séamas ag obair dó.'

'Ab in é é?' D'éalaigh osna ón gcailín. 'Ar chuala sibh é sin, a chailíní?' a dúirt sí leis na cailíní a bhí in éineacht léi. 'Sin é "fear an tumtha". Agus muide chomh siúráilte lena bhfaca tú riamh gur fear óg singil a bheadh ann. Muise, scéal cam air!'

Caibidil 4

Chuala Caitríona fón ag glaoch. Bhí sí buíoch nuair a stop sé ar deireadh.

'Ba cheart go mbeadh sé in aghaidh an dlí glaoch ar dhuine maidin Dé Sathairn,' a dúirt sí léi féin, agus í ag iompú timpeall sa leaba go cantalach.

Ach nuair a thosaigh an fón ag glaoch den dara huair, thuig sí gurb é a fón féin a bhí ann. Bhí sé ar an gcathaoir le taobh na leapan san áit ar chaith sí a cuid éadaí agus a cuid giúirléidí eile sular thit sí isteach sa leaba. Cén t-am a bhí sé ar aon chaoi nuair a tháinig sí abhaile? An raibh cúpla uair an chloig codlata faighte aici faoin am seo? Gan suí aniar sa leaba, shín sí amach a lámh agus rug sí ar an bhfón. Bhí sí réidh leis an gcnaipe, a chuirfeadh an fón as, a bhrú nuair a chaith sí leathshúil ar an scáileán. Ansin, d'aon iarraidh amháin, bhí sí suite ar thaobh na leapan agus í ag brú cnaipe eile.

'Dhúisigh mé thú?' a dúirt Séamas.

'Dhúisigh. Cén t-am é ar aon chaoi?'

'Beagnach a haon déag.'

'Ag magadh atá tú! Ní fhéadfadh sé bheith chomh deireanach sin!'

'Glacaim leis go raibh an-oíche go deo agaibh!'

'Bhí. D'fhan muid amuigh i bhfad ródheireanach.'

D'fhág Séamas an tine chnámh le dul abhaile thart ar a haon a chlog. Bhí sé ceart go leor ag an gcuid eile acu, a dúirt sé, ach chaithfeadh sé féin codladh na hoíche a fháil. Bhí an 'jet lag' fós ag cur as dó agus, mar bharr ar an donas, bhí cúrsa lae eagraithe ag Liam de Bhál don bheirt a bhí fostaithe aige, cúrsa a bheadh ag tosaí ag a naoi ar maidin. Dar ndóigh rinne a chairde chuile iarracht Séamas a choinneáil tamall eile ach ba bheag an mhaith a bhí ann. Bhí a intinn déanta suas aige.

'Cén sórt craic a bhí agaibh?' a d'fhiafraigh Séamas de Chaitríona anois.

'Bhuel, tamall tar éis duitse imeacht, nár tháinig na scabhaitéirí sin a chonaic muid tráthnóna thuas ag an ionad campála. Bhíodar dallta ... dá bhfeicfeá an sórt méiseáil a bhí orthu. Mhilleadar an oíche agus thosaigh daoine ag imeacht de réir a chéile. Chuaigh Bríd abhaile ach fuair an chuid eile againn síob anonn go dtí tine Chreig an Teampaill.'

'Ó Mháirtín Thomáis?'

'Ní hea, ach ó Chaomhán Ó Meachair, tá a fhios agat

... col ceathrar Ruth. Ní chreidfeá an méid daoine a bhí ann.'

'An raibh Máirtín Thomáis ann?'

'Má bhí, ní fhaca muid é. Bhí an ceol thar barr agus thosaigh sean-lads ó Bhaile an Dúna ag inseacht dom féin is d'Iain faoin gcraic a bhíodh acu ar Oíche Sin Seáin nuair a bhíodar féin óg. Bhí cur síos aige ar lánúin ag léimneach thar na lasracha agus seanmhná ag siúl timpeall ar an tine chnámh ag guí. Ar deireadh, nuair a bhí an tine beagnach imithe as, bhí muid ag réiteach le n-imeacht ach thosaigh na sean-lads ag iarraidh a chur ina luí orainn go leanann mí-ádh bliana an té a théann abhaile sula mbíonn an tine imithe as ar fad. D'fhan muid scaitheamh eile ansin ar fhaitíos na bhfaitíos!'

'Chaill mé an chraic mar sin. Ach ar aon chaoi ... breathnaigh, a Chaitríona, faoin bhfáth a bhfuil mé do chur as an leaba....'

D'inis Séamas do Chaitríona go raibh cailín ón taobh amuigh ceaptha a bheith ag obair in oifig Liam de Bhál, ag tosaí maidin Dé Luain. Bhí chuile cheo socraithe ach ghlaoigh an cailín ar maidin le rá nach bhféadfadh sé a theacht.

'Tá sé féin ag dul in aer,' a dúirt Séamas. 'Teastóidh duine san oifig, go háirithe agus an chéad chúrsa ag tosaí maidin Dé Luain. D'fhiafraigh sé díomsa an raibh aithne agam ar aon chailín as an oileán a mbeadh suim aici sa jab. Cheap mé go labhróinn leatsa i dtosach....'

'Obair oifige, a dúirt tú? Ach tá a fhios agat nach raibh mise riamh ag obair in oifig. Céard go díreach a bheadh le déanamh ag an duine, meastú?'

'Gnáthobair oifige is dóigh. Ach breathnaigh, níl a fhios agamsa mórán faoi. Dúirt Liam de Bhál liom a uimhir a thabhairt duit, sin má tá aon suim agat ann, agus go míneoidh sé féin chuile cheo duit. Féadfaidh tú d'intinn a dhéanamh suas tar éis duit labhairt leis.'

Tháinig an rud a dúirt Bríd faoi Liam de Bhál an oíche roimhe sin isteach i gceann Chaitríona. Níor thaitin an fear thairis sin léi féin, ach an oiread. Ach nach bhfuil neart daoine ann, a dúirt sí anois ina hintinn féin, a chuirfeadh as duit nuair a bheadh cúpla deoch ólta acu? Seans nach raibh Liam de Bhál chomh dona sin uilig. Agus breathnaigh ar an samhradh fada díomhaoin a bhí amach roimpi, gan pingin rua ina póca mura mbeadh sí ag obair. Bhí sí ar an urlár de léim, an fón fós lena cluais aici.

'A Shéamais, an gcuirfidh tú téacs chugam leis an uimhir sin ann?' a dúirt sí.

'Cuirfidh, cinnte. Agus … go n-éirí an t-ádh leat. Ní hé go bhfuil mé ag cur aon bhrú ort ach … ba mhaith liom go bhfaighfeá an jab.'

'Go raibh maith agat. Beidh mé ag caint leat ar ball.'

B'fhearr go mór dá bhféadfadh an bheirt acu castáil le chéile, a dúirt Liam de Bhál, nuair a ghlaoigh Caitríona air. B'fhearr é ná a bheith ag plé cúrsaí ar an bhfón. Céard faoi lón a bheith acu le chéile san óstán? Thart ar a haon? Bheadh sí ann, a dúirt Caitríona.

Chomh luath agus a chuir sí uaithi an fón thosaigh Caitríona ag cartadh sa vardrús. Tharraing sí amach sciortaí agus gúnaí, T-léinte agus blúsanna, treabhsair agus jeans. Ach b'fhacthas di nach raibh aon éadaí cearta aici! Dá bhfaigheadh sí an jab seo is é an chéad mhaith a dhéanfadh sí nuair a tharraingeodh sí a pá ná a dhul isteach Gaillimh agus meall éadaí nua a cheannach.

Bhí athair Chaitríona ag léamh an pháipéir sa gcistineach nuair a chuaigh sí isteach ann deich nóiméad ina dhiaidh sin.

'Cá'il Mam?' a d'fhiafraigh sí de.

'Bhí sí ansin nóiméad ó shin,' ar seisean gan é ag tabhairt mórán airde ar Chaitríona.

Ach ansin bhreathnaigh sé suas ar an gclog. Bhreathnaigh sé ar Chaitríona. Leag sé uaidh an páipéar go mall drámatúil.

'Ach céard é seo ar chor ar bith? An bhfuil mé ag rámhaille nó rud eicínt? Maidin Dé Sathairn, mura á fheiceáil dom atá sé. É díreach caite an dó dhéag agus Caitríona se'againne ina suí. Agus í gléasta murar mhiste leat!'

'Tá seans agam ar jab a fháil san Ionad Tumadóireachta. Tá mé ag castáil leis an mBoss le haghaidh agallaimh.'

'Ar chuala mise rud eicínt faoi jab, a Chaitríona?' Bhí

máthair Chaitríona ag teacht isteach le ciseán éadaí ón líne.

'Tá mé ag dul le haghaidh agallaimh, a Mham,' arsa Caitríona go ríméadach. 'Tá fear Thumadh Teoranta ag cuartú cailín le hobair oifige a dhéanamh dó.'

'Nach bhfuil sé sin thar cionn. Díreach nuair a cheap tú….'

'Ach an mbreathnóidh tú anseo nóiméad, a Mham … níl a fhios agam … tá mé tar éis mo chuid éadaí a athrú cúpla babhta agus níl aon mhaith leis an scáthán sin sa seomra folctha.'

'Seas amach ansin sa solas go bhfeice mé i gceart thú,' arsa a máthair.

'Go sábhála…! A Chaitríona!' a deir a hathair agus é ag iompú timpeall agus ag cur straince air féin. 'Ní fhéadfaidh tú dhul amach mar sin! Tá do sciorta i bhfad róghearr.'

'Ná bac le do dhaid,' a dúirt Sorcha. 'Tá an sciorta ar an togha. Bhí ceann i bhfad níos giorra ná sin ormsa, a Pheadair, an oíche ar casadh muid ar a chéile. Agus diabhal locht ar bith a fuair tú air.'

'Ach is mór idir agallamh agus dioscó, a Shorcha.'

'Tá tú togha,' a dúirt a máthair le Caitríona arís. 'Téann an sciorta agus an T-léine corcra go deas le chéile. Caith do chairdeagan bán chomh maith. Ach níl mé siúráilte faoi na buataisí. Nárbh fhearr a d'fheilfeadh do chuid cuarán … an péire deas sin a cheannaigh tú le deireanas?'

Ghlac Caitríona le comhairle a máthair agus d'imigh sí ar ais chuig a seomra codlata.

'An cuimhin leatsa, a Shorcha?' a dúirt Peadar, scaithimhín tar éis do Chaitríona imeacht. 'Cén t-ainm é sin atá ar "fhear an tumtha"?'

'Liam rud eicínt, nach ea,' deir Sorcha.

'De Bhál,' arsa Caitríona a bhí díreach ag teacht isteach arís. 'Liam de Bhál atá air. Bhí an ceart agat, a Mham, faoin gcairdeagan. Agus faoi na cuaráin. An gceanglóidh mé siar mo chuid gruaige nó an bhfágfaidh mé mar seo í?'

'Ceangail siar í.'

'Sin é é,' arsa Peadar. 'Liam de Bhál. Bhí mé ag breathnú ar a phictiúr sa nuachtlitir an lá cheana. Agus nach aisteach an rud é ach go dtabharfainn an leabhar go bhfuil sé feicthe agam in áit eicínt roimhe seo. Tá mé a cheapadh go mbíodh sé ar an nuaíocht ar chúis eicínt. Ar chaith tú amach an nuachtlitir sin, a Shorcha? Dá ndéanfainn staidéar ceart ar a phictiúr b'fhéidir go dtiocfadh sé chugam.'

'Ba cheart go mbeadh sé ansin faoin mbord, in éineacht leis na seanpháipéir nuachta. An bhfuil tú le greim bricfeasta a ithe, a Chaitríona?'

'Ní bheadh am agam anois. Ach d'ólfainn cupán caife. Ceann breá láidir.'

'Seod é é! Tá sé agam,' a deir Peadar, a bhí anois ag breathnú trí nuachtlitir an Choiste Forbartha. 'Liam de

Bhál … m'anam féin gurb ea. An bhfuil a fhios agatsa tada faoin bhfear seo, "fear an tumtha", a Chaitríona? An bhfuil a fhios agat cé as é nó céard a bhíodh ar bun aige sular tháinig sé anseo chugainne?'

Chaith Caitríona siar an cupán caife a bhí a máthair tar éis a shíneadh chuici agus rug sí ar a mála.

'Níl a fhios agam a dhath ach gurb é atá os cionn an Ionad Tumadóireachta,' a dúirt sí lena hathair agus lig sí osna aisti.

'Ní fhéadfadh sé gur anuas as an aer a thit sé anseo chugainn,' a dúirt Peadar.

'Má thugann sé an jab seo dom, a Dhaid, gheobhaidh mé chuile eolas atá uait. Tabharfaidh mé ceistneoir dó le líonadh.'

B'fhacthas do Chaitríona go mbíodh a hathair i gcónaí ag sciolladh, i gcónaí ag cur de faoi rud eicínt, nó faoi dhuine eicínt. Ní haon rud nua a bhí anseo, dar ndóigh, ach an raibh sé ag éirí níos measa le deireanas? Bhí sé ag caitheamh go leor ama timpeall an tí anois nuair nach raibh obair sheasta le fáil níos mó ag saoir chloiche an oileáin. Polaiteoirí, baincéirí, múinteoirí, an Comhairle Contae, an Coiste Forbartha, bhí siad ar fad ar a liosta ag Peadar Ó Flatharta. Agus mura raibh dul amú mór ar Chaitríona bhí ainm Liam de Bhál curtha ar an liosta anois aige.

'Anois, a Chaitríona,' arsa Peadar, ach bhí sé á rá ar nós cuma liom, 'ní hin bealach ar bith le labhairt le d'athair.'

'Go n-éirí leat, a stór,' arsa a máthair le Caitríona. 'Cuimhneoidh tú anois glaoch a chuir orainn chomh luath agus a bheas an t-agallamh thart.' Leag athair Chaitríona an nuachtlitir uaidh ar an mbord.

'Cogar mé seo leat sula n-imeoidh tú, a Chaitríona,' a dúirt sé. 'Bí cinnte go gcuirfidh tú na ceisteanna cearta ar an bhfear seo. Faigh amach an bhfuil coinníollacha oibre agus pá mhaith ag gabháil leis an jab. Agus mura bhfuil … ná bac leis. Bheifeá níos fearr dá uireasa. Tá a fhios agat go ndéanfadh cuid de na fir ghnó sin nead i do chluais. Go háirithe nuair atá tú óg agus gan mórán cleachtaidh agat ar an saol mór.'

Ach bhí a fhios ag Caitríona go rímhaith gur port eile ar fad a bheadh ag a hathair amach anseo, nuair a bheadh sí bánaithe agus í ag brath ar a tuismitheoirí le haghaidh airgid phóca! Chloisfeadh sí neart uaidh ansin faoi airgead gan a bheith ag fás ar na crainnte ná istigh faoi thoir chabáiste! Is é an rud deireanach a chuala sí agus í ag dúnadh an dorais ina diaidh ná a hathair ag fiafraí dá máthair cé a thug cead do Liam de Bhál, duine a tháinig isteach ón taobh amuigh agus nár aithin aon duine, a bhád a cheangal thoir ag Céibh an Chlochair agus carbhán a chur i nGarraí Éamainn.

Caibidil 5

Bhí cúrsaí an-chiúin go deo in oifig Tumadh Teo., maidin Dé Luain, an chéad lá ag Caitríona ina jab nua. Ach ní raibh sí ag gearán! Theastaigh an ciúnas go géar le go bhféadfadh sí staidéar a dhéanamh ar an gcóras ríomh-aireachta agus ar gach ar bhain leis a oibriú amach di féin. Cé gur ríomhairí glúine a bhíonn acu ar scoil anois, in áit na leabhar a bhíodh sna málaí acu agus iad sa mbunscoil, agus go raibh cleachtadh aici ar an idirlíon a úsáid, b'fhacthas do Chaitríona go raibh na feidhmchláir agus na pacáistí ríomhaireachta a bhí ag Tumadh Teo., an-chasta go deo.

Tharla gurbh é seo an chéad lá aici ag obair san oifig, shíl Caitríona go mbeadh Liam de Bhál é féin fanta san oifig i rith an lae le cúnamh a thabhairt di. Ach ní mar sin a tharla. Nuair a tháinig sí isteach ar maidin bhí Liam de Bhál ann ceart go leor. Tar éis dó scaithimhín a chaitheamh ag inseacht do Chaitríona céard a bhí le rá le daoine a chuirfeadh glaoch gutháin nó a bhuailfeadh isteach chuig an oifig, shuigh Liam de Bhál ag an deasc agus chuir sé an ríomhaire ar siúl. Mhínigh sé do Chaitríona faoin bpasfhocal a chaithfeadh sí a úsáid chuile uair a gcuirfeadh sí an ríomhaire ar siúl. Thaispeáin sé suíomh idirlín an chomhlachta di ansin chomh maith le liosta na ndaoine a bhí cláraithe do chúrsa tumadóireachta na seachtaine sin. D'inis sé di freisin faoi na cláir fhrithvíris a bhí i bhfeidhm aige agus mheabhraigh sé di a thábhachtaí agus a bhí sé na cláir seo a choinneáil suas chun dáta. De bharr go mbíodh sé féin ag úsáid an ríomhaire ó am go chéile ar bhonn pearsanta, a dúirt sé, bhí roinnt ábhar príobháideach ann nár bhain leis an ngnó seo. Ansin, sula raibh seans ag Caitríona aon cheist a chur, ná a hanáil a tharraingt ach ar éigean, d'éirigh Liam de Bhál ina sheasamh agus thosaigh sé ag caint faoi chuid den trealamh eile a bhí san oifig.

'An gléas a fheiceann tú thuas ansin ar an tseilf taobh thiar díot, a Chaitríona,' ar seisean. 'Sin é an raidió mara. Thar aon rud eile tá sé rí-thábhachtach go mbeifeá in ann an raidió sin a úsáid. Rinne na lads an cúrsa lae Dé Sathairn ach, dar ndóigh, ní raibh tú anseo ag an am. Bíonn an raidió sin ar siúl an t-am go léir. Agus an bhfeiceann tú na fóin láimhe atá agam anseo?' Thóg sé dhá fón, nach raibh mórán níos mó ná fóin phóca, den deasc. 'Is cuid den chóras céanna iad seo agus bíonn siad in úsáid againn sa RIB agus sa mbád chun coinneáil i dteagmháil leis an oifig. Tá cúrsaí sábháilteachta an-tábhachtach sa ghnó seo atá againne, an dtuigeann tú?'

Ansin thaispeáin sé do Chaitríona cén chaoi ar oibrigh an raidió mara. Nuair a bhí sé cinnte go raibh sí in ann na cainéil a aimsiú shín sé an lámhleabhar chuici.

'Tuigeann tú nach bhfuil agat sa méid sin anois ach buneolas,' a deir sé, 'Ach tá gach rud anseo sa lámhleabhar agus caithfidh tú staidéar a dhéanamh air. Má tá aon cheist agat, má tá aon rud nach dtuigeann tú faoi, beidh Séamas nó Mark ábalta cabhrú leat.' Bhreathnaigh sé ar an gclog ansin agus bhuail fuadar é.

'Tá go leor trealaimh eile againn … ach, faraor, níl am agam é a thaispeáint duit anois.'

Bhí sé ag tabhairt a aghaidhe ar an doras faoi sin agus é ag míniú do Chaitríona go raibh cuid de na 'scoláirí', mar a ghlaoigh sé orthu, ag teacht isteach ar an mbád farantóireachta. Bheadh sé féin ag castáil leo ar an gcéibh. Ach nuair a d'iompaigh sé timpeall ag an doras, caithfidh sé go raibh an t-imní le tabhairt faoi deara aige in éadan Chaitríona.

'Oibreoidh tú amach é,' ar seisean go lách léi. 'Ná bí buartha. Cailín cliste ar nós tusa! Ach ná déan dearmad go mbeidh na scoláirí ag teacht anseo don chlárú díreach tar éis an lóin.' Ansin bhí Liam de Bhál bailithe leis agus Caitríona fágtha léi féin!

Thart ar leathuair an chloig ina dhiaidh sin, agus Caitríona fós ag treabhadh léi tríd an lámhleabhar a bhain leis an raidió mara, thosaigh an fón ag glaoch. Fear a bhí ag iarraidh labhairt le 'Mr Wall' a bhí ann. Bhí sé práinneach, a dúirt an fear, a raibh canúint Sasanach air. Mhínigh Caitríona don fhear nach raibh an tUasal de Bhál san oifig faoi láthair ach go mbeadh sé ar ais ag leathuair tar éis a dó dhéag. Ar mhiste leis a ainm agus a uimhir a thabhairt di le go mbeadh an tUasal de Bhál in ann glaoch ar ais air? Bhí sé tugtha faoi deara ag Caitríona cheana féin gur 'príobháideach' a bhí le feiceáil ar an bhfón san áit a mbeadh uimhir an té a bhí ag glaoch le feiceáil go hiondúil. 'Tá sé ceart go leor,' a dúirt an fear. 'Labhróidh mé leis tráthnóna. Go raibh maith agat.'

Agus ansin bhí sé imithe den líne. Ar chúis eicínt, níor theastaigh ón bhfear seo a ainm ná a uimhir a thabhairt. Mar sin féin, scríobh Caitríona nóta sa dialann nua glan a bhí ar an deasc: *09.50, Glaoch ó fhear nár fhág ainm ná uimhir. Le glaoch ar ais tráthnóna.*

Shiúil Caitríona chomh fada leis an bhfuinneog mhór a raibh a haghaidh amach ar an bhfarraige. I dteach soghluaiste a bhí an comhlacht Tumadh Teoranta lonnaithe agus, ón áit a raibh sí anois ina seasamh, d'fhéad Caitríona Céibh an Chlochair agus an bád a bhí ceangailte lena taobh a fheiceáil go soiléir. Bhí a fhios aici go raibh sleamhnán i ngar don chéibh chomh maith, cé nach raibh aon fheiceáil aici air seo. Nuair a d'iompaigh

Caitríona leathtaobhach, beagán, chonaic sí an cró cloiche a bhí in úsáid ag Liam de Bhál le trealamh an chomhlachta a stóráil ann.

Níor bhréag ar bith a rá gurbh áit iargúlta a bhí faighte dá ghnó nua ag Liam de Bhál nó 'fear an tumtha' mar a tugadh san oileán air. Ó tógadh an chéibh nua, ar an taobh thiar den trá, sna nóchaidí is beag úsáid a baineadh as Céibh an Chlochair agus is beag duine a thagadh ina ghaobhar. Na báid bheaga agus na curacha a bhíodh ag iascach amach as uair sa saol, bhíodar anois ag lobhadh ar an duirling, iad caite go fánach píosa aníos ón lán mara. Ba chuimhin le Caitríona, áfach, gur fheil iargúltacht na háite do scata déagóirí óga, í féin ina measc, a thagadh le chéile san áit oícheanta breátha samhraidh roinnt blianta roimhe sin. D'fheil sé go breá do na déagóirí nach raibh teach cónaithe i bhfoisceacht leathmhíle don áit ná fiú dún ná teampall sa gcomharsanacht a mheallfadh turasóirí an bealach.

Thug Caitríona faoi deara go raibh sé fós ina abhainn bháistí, díreach mar a bhí sé nuair a thug a máthair síob anall di ag a naoi a chlog. Bhí na sclaigeanna thíos ar bhóthar an chladaigh ina locháin mhóra uisce anois.

'Faraor,' a dúirt Caitríona, 'gan mé ag obair in áit eicínt cóngarach don bhaile. Beidh mé báite má shiúlaim siar go dtí an caifé ag am lóin.'

Ní hé go raibh aon locht aici ar an lón a phacáil a máthair don bheirt acu ar maidin. Agus bhí cistineach dheas sa teach soghluaiste, áit a bhféadfadh sí cupán tae nó caife a dhéanamh di féin am ar bith. Bhí microwave ann, fiú. Is ar an gcomhluadar a bhí sí ag cuimhneamh. Ach ansin mheabhraigh Caitríona di féin go raibh an t-ádh uirthi a leithid de jab a fháil. Ba chuma cá raibh sé! Agus mheabhraigh sí di féin chomh maith gurbh fhearr di cuma na hoibre a chur uirthi féin mura raibh sí ag iarraidh praiseach a dhéanamh den jab!

Shuigh Caitríona ar an gcathaoir, a raibh boladh an leathair nua fós uirthi, agus thug sí faoi na cleachtaí a bhain leis an bpacáiste Excel. Ag tarraingt ar am lóin, chuala sí cnag agus an doras á oscailt. Ghlac sí leis go raibh an Boss tagtha ar ais.

'Shíl mé gur amuigh sa dinghy a bhí tusa,' a dúirt sí nuair a chonaic sí gurb é Séamas a bhí teacht isteach.

Ní raibh Séamas feicthe ag Caitríona ó oíche Dé hAoine, Oíche Sin Seáin. Ná ní raibh sí ag caint leis ar an bhfón ó lár an lae Dé Sathairn, nuair a ghlaoigh sí air le rá leis go raibh an jab faighte aici.

'An raibh a fhios agat,' a dúirt Séamas anois agus meangadh air, 'nach maith leis an bhfear é féin go mbeadh muid ag glaoch 'dinghy' uirthi? Dúirt sé gur 'dinghy' a bhíonn ag na gasúir bheaga agus iad ag spraoi thíos ar an trá. Ach gur RIB atá inti seo. 'Rigid Inflatable Boat.' Thug sé léacht dom féin agus do Mhark faoi ar maidin! Ach, le do cheist a fhreagairt, tá an fharraige rud beag rógharbh faoi láthair.'

'Ach níl sí ag breathnú garbh as seo.'

'Tá foscadh anseo ach tá corraí farraige thall sa sunda, san áit a mbeidh muid ag tumadh.'

'Tá na scoláirí tagtha?'

'Tá. Bhí cuid acu anseo ó aréir. Tá an Boss ag taispeáint físeán dóibh anois ... stuif faoi shábháilteacht agus garchabhair. Tá siad sa seomra comhdhála thall ag an Ionad Forbartha. Dúirt sé nach bhfuil an seomra ranga atá anseo réitithe amach i gceart faoina gcomhair.'

'Bhí mé ag déanamh iontais ansin ar ball, céard a dhéanfadh sibh dá mbeadh an fharraige garbh an chuid eile den tseachtain?'

'Sin ceist mhaith.' Tháinig Séamas anall go dtí deasc Chaitríona. 'Is tosaitheoirí atá againn an tseachtain seo agus bíonn go leor den teoiric le déanamh leo, sula ngabhfaidh siad amach ar dtús. Agus tá neart rudaí eile eagraithe dóibh, nach bhfuil?'

Phioc Séamas suas ceann de na bileoga eolais a bhí leagtha ar dheasc Chaitríona. Thosaigh sé ag léamh:

'Agus in imeacht na seachtaine beidh deis ag na rannpháirtithe blaiseadh á fháil de shaol an oileáin. Eagrófar Siúlóidí Staire, Siúlóidí Dúlra, ranganna Gaeilge, ranganna seiteanna, agus seisiúin ceoil.'

'Ach abair, mura n-éireoidh leo dul amach ar an bhfarraige ar chor ar bith...,' arsa Caitríona.

'Bheadh sé an-gharbh nó bheadh foscadh ar thaobh eicínt, lá eicínt.'

'Ach abair go raibh sé an-gharbh. An tseachtain uilig.'

'Bheidís ag iarraidh a gcuid airgid ar ais! Théis an tsaoil, tháinig siad anseo le dhul ag tumadh.'

'Ach níl smacht ag aon duine ar an aimsir.'

Bhí Séamas anois ina sheasamh taobh thiar de chathaoir Chaitríona agus é ag breathnú ar scáileán an ríomhaire.

'Sin í an fhírinne,' a dúirt sé. 'Ach cogar mé seo leat, níor inis tú dom cén chaoi a dtaitníonn an jab leat. An bhfuil an stuif sin atá ansin agat deacair? Ní bheinnse in ann tús ná ceann a dhéanamh de.'

'Níl sé furasta, sin cinnte. Tá an oiread le foghlaim agam!' Chaith sí súil ar an trealamh nua-aimseartha a bhí san oifig. 'Agus níl a fhios agamsa céard len aghaidh leath den stuif sin. Ach taobh amuigh de sin, tá mé breá sásta liom féin … mé fós ag ceapadh go ndúiseoidh mé agus go bhfeicfidh mé gur ag brionglóidí a bhí mé.'

D'fhág Séamas deasc Chaitríona agus thosaigh sé a' mháinneáil timpeall.

'Ní raibh seans agam breathnú i mo thimpeall i gceart an lá cheana,' ar seisean. 'Tá an áit leagtha amach go pointeáilte ag Liam de Bhál,' a dúirt Séamas ansin.

'Ach ní dhéanfadh sé aon dochar cúpla pictiúr nó póstaer a chrochadh ar na ballaí,' arsa Caitríona.

'Tá an ceart agat,' a deir Séamas agus siúd anonn leis go dtí an doras a bhí ar an taobh eile ar fad den seomra.

Nuair a thriáil sé an doras seo a oscailt fuair sé amach go raibh an glas air. 'Seomra rúnda,' ar seisean agus é ag gáire.

'Is dóigh gurb in é an seomra ranga a raibh sé ag caint air.'

'Tá mé ag déanamh amach go gcodlaíonn sé sa seomra sin faoi láthair. D'fheicfeá solas anseo an-deireanach san oíche. Dúirt Mam, nuair a tháinig sé chuig an oileán ar dtús, go mbíodh teach Nóra Mhicil, suas an bóthar uainne, ar cíos aige. Ach tá dream eile i dteach Nóra anois agus níor chuala sí gur thóg sé seo aon áit eile ar cíos.'

Chuir an t-eolas seo an-iontas ar Chaitríona. Shíl sí go raibh an Boss chomh saibhir agus go mbeadh ceann de na tithe móra a bhíodh ligthe le linn an tsamhraidh faighte ar cíos aige, nó go mbeadh a theach féin ceannaithe aige, fiú. Dúirt sí é seo le Séamas.

'Bhí mé cinnte,' ar sise, 'nuair a chonaic mé an stuif seo ar fad atá aige go raibh sé tar éis an Lotto a bhuachtáil. Sin nó gur tháinig sé ar Thaisce Oileán na Leice!'

'Agus ní bheadh a fhios agat fós nár tháinig! Ach ní fhaca tú tada fós. Fan go bhfeice tú an trealamh tumadóireachta atá againn! Agus an bád atá againn, feiceann tú ceangailte thíos ansin ag an gcéibh í, catamaran atá inti sin, tá a fhios agat.'

'An *Molly Malone*.'

'Sin í í. D'íocfá céad tríocha míle euro, uirthi sin … ar

a laghad. Bhí mé ag breathnú ar cheann díreach mar í sa *Skipper* an lá cheana.'

'Céad tríocha míle? Níl tú i ndáiríre?'

'M'anam go bhfuil. Tá an *Molly* beagnach nua. Dúirt sé go raibh sí ceangailte i marina ar an tSionainn le píosa agus gur ar éigean a baineadh aon úsáid riamh aisti.'

'Is deas an bád í. Ba mhaith liom spin inti lá eicínt.'

'Ba cheart go mbeadh muid in ann é sin a shocrú.'

D'fhiafraigh Caitríona de Shéamas cad chuige nach thall ag an gcéibh nua a bhí an *Molly Malone*, san áit a raibh na báid eile ar fad?

'Tá chuile dhuine san oileán ag cur na ceiste céanna,' a dúirt seisean go smaointeach. 'Ach níl tuairim na ngrást agamsa. Ach caithfidh gurb in é an fáth a gcodlaíonn sé anseo. Ar fhaitíos go dtarlódh tada don bhád san oíche.'

'Is dóigh gurb in é é. Bhí Daid ag fiafraí an raibh cead aige a bheith anseo, san áit a bhfuil sé, i nGarraí Éamainn agus ag an gcéibh....'

Dúirt Séamas go raibh Garraí Éamainn agus an cró faighte ar cíos ag Liam de Bhál ón úinéara, Antaine Pheige. 'Bíonn Antaine ag dul thart ag inseacht do dhaoine go bhfuil sé ag fáil lán laidhre ó "fhear an tumtha" ar an ngarraí agus ar an gcró.'

'Agus is dóigh,' a dúirt Caitríona, 'go bhfuil cead ag duine ar bith an chéibh a úsáid.'

'Tá. Ach is aisteach an mac é an boss se'againne mar sin féin! Ní féidir liom é a dhéanamh amach. Tá sé chomh fiosrach lena bhfaca tú riamh. Ní stopann sé ach ag cur ceisteanna. Ach ní dhéarfaidh sé faic riamh faoi féin—faic na ngrást.'

'Ní airímse róchompordach ina chomhluadar. Tá mé ag súil nach mbeidh sé thart san oifig mórán....'

Thosaigh an fón ag glaoch agus níor dhúirt Séamas tada. Bhí an-amhras anois air go raibh rud eicínt á cheilt ag Liam de Bhál. Cúpla uair an chloig roimhe sin, fuair sé amach nach raibh fírinne ar bith sa scéal faoin gcailín ón mórthír a raibh an jab oifige faighte aici roimh Chaitríona. Ag fanacht go dtiocfadh an bád le céibh a bhí sé féin agus an Boss nuair a ghlaoigh a fón póca siúd. D'imigh Séamas ar leataobh as an mbealach ach ní fhéadfadh sé gan an bhean óg a bhí ag scréachaíl agus ag cur di ar an taobh eile den líne a chloisteáil. Chuala sé chuile fhocal dar dhúirt sí. Chuaigh Séamas i ngar don scéal a inseacht do Chaitríona anois. Ach sa deireadh, shocraigh sé nach ndéarfadh sé tada léi nó go bhfaigheadh sé amach ar dtús cén sórt cleasaíochta a bhí ar bun ag Liam de Bhál.

'Sin é an dara huair aige sin ag glaoch,' a dúirt Caitríona nuair a chuir sí uaithi an fón agus d'inis sí do Shéamas faoi ghlaoch na maidine. 'Agus níor thug sé ainm ná uimhir an babhta seo ach an oiread.'

'Is dóigh gurb in é an bealach a bhíonn le dream gnó,' a deir Séamas. 'Níl ann ach gur beag cleachtadh atá againne ar a leithéidí.' Chaith sé leathshúil ar an gclog mór práis a bhí ar an mballa taobh thiar den deasc agus dúirt sé go raibh in am acu a bheith ag baint orlaigh as.

'Ach cá'il muid ag dul?'

'Anonn chuig an óstán. Dúirt an Boss go gceannódh sé lón dom féin agus do mo 'ghrá geal' mar a thug sé ort. Gabh i leith uait.'

Dhearg Caitríona agus d'iompaigh sí timpeall go sciobtha sa gcaoi is nach dtabharfadh Séamas faoi deara é. Ansin chrom sí leis an ríomhaire a chur as.

'Fan agat féin meandar,' a dúirt Séamas ansin. 'Ná cuir as é. Theastaigh uaim a fháil amach cén sórt aimsire atá siad ag gealladh dúinn. Dúirt duine eicínt go bhfuil gaoth geallta.'

Shuigh Caitríona síos ar an gcathaoir leathair arís. Tharraing Séamas anall cathaoir eile agus shuigh sé lena taobh.

'Cén chaoi a bhfaighidh mé an aimsir?' a deir Caitríona.

'Má chuireann tú isteach meteireann.ie tiocfaidh sé suas.'

Chomh luath agus a d'oscail sí an leathanach a bhí uathu, bhí na focail 'Rabhadh Aimsire i bhFeidhm' le feiceáil acu i gcló oráiste.

'Mo dhiomú air,' a dúirt Séamas. 'Tá an aimsir geallta go dona. Agus sa taobh seo tíre is measa a bheas sé.'

Drochscéala a bhí ann don té a bhí ag plé leis an bhfarraige in iarthar na tíre. Bhí gála anoir aduaidh, fórsa a naoi, fógraithe don cheantar farraige ó Cheann Dairbhre, Chiarraí, go Ceann Léime na Gaillimhe. Ach d'fhéadfadh fórsa 10 a bheith leis an ngaoth sa gcuid ab fhaide ó thuaidh den limistéir seo. Bhuail fuadar Séamas. D'éirigh sé agus tharraing sé amach a fhón póca. Thosaigh sé ag déanamh ar an doras.

'Tá mé ag glacadh leis,' ar seisean le Caitríona, 'go bhfuil a fhios ag an mBoss faoi seo cheana féin. Tá an oiread apps ar an ifón galánta sin atá aige, tá mé cinnte go bhfuil ceann ann le haghaidh na haimsire. Ach caithfidh mé glaoch ar Thomás, m'uncail ... tá potaí agus líonta amuigh aige agus ní móide go bhfuil a fhios aige tada. Feicfidh mé sa gcarr thú.'

Chuir Caitríona as an ríomhaire agus í ag déanamh staidéir uirthi féin. Ní ar scéal na haimsire ba mhó a bhí a hintinn ach ar Shéamas Jim agus ar an gcaidreamh idir an bheirt acu. 'Do ghrá geal.' An raibh Liam de Bhál ag glacadh leis go raibh sí féin agus Séamas ag siúl amach le chéile? Agus, má bhí, cén chaoi ar oibrigh sé é sin amach? An t-aon uair ar casadh Liam de Bhál orthu go sóisialta bhí Iain agus Bríd sa gcomhluadar chomh maith. Ab amhlaidh gur dhúirt Séamas é féin rud eicínt leis an bhfear? Ach cén fáth a ndéarfadh nuair nach raibh scéal ná scuain cloiste aici uaidh ó lár an lae Dé Sathairn, nuair a ghlaoigh sí air le rá go raibh an jab faighte aici. Faoin am a raibh an glas curtha ar dhoras na hoifige ag Caitríona bhí Séamas sa gcarr, ar an taobh eile den chró, agus an t-inneall casta ann aige. Agus í ag siúl anonn faoina scáth báistí, ní raibh Caitríona in ann an samhradh dhá bhliain roimhe sin, a raibh sí thuas seal thíos seal ag Séamas Jim, a dhíbirt as a ceann. Ach bhí sí an-óg ag an am. Ní dhéanfadh sí an botún céanna arís....

'Chuile sheans nach mbeadh Séamas anseo anois murach gur iarr an Boss air a theacht do m'iarraidh,' ar sise léi féin. 'Níl mé le hóinseach a dhéanamh díom féin arís.'

B'fhearr do Shéamas a intinn a dhéanamh suas fúithi gan mórán achair. Bhí Máirtín Thomáis fós ag glaoch uirthi cúpla uair sa ló agus é ag impí uirthi siúl amach leis. An oíche roimhe sin, oíche Dé Domhnaigh, theastaigh uaidh a fháil amach an dtiocfadh sí in éineacht leis chuig na Rásaí Curach san Oileán Mór ar an Domhnach dar gcionn. Rachaidís ann sa mbád aige féin, an *Cailín Gleoite*, a dúirt sé. Bheidís sa mbaile arís faoi thráthnóna. Len é a chur ó dhoras, dúirt Caitríona nach raibh sí cinnte faoin Domhnach ach go gcuirfeadh sí glaoch air taobh istigh de chúpla lá. Anois, agus í ag oscailt dhoras an chairr agus ag croitheadh uisce as a scáth báistí, shocraigh sí go dtabharfadh sí go lár na seachtaine do Shéamas. Mura mbeadh sé soiléir faoin gCéadaoin, abair, go raibh Séamas ag iarraidh siúl amach léi, ghlacfadh sí le cuireadh Mháirtín. Ní hé, dar ndóigh, go raibh aon ghair ag Máirtín Thomáis ar Shéamas Jim. Ach ní raibh Caitríona chomh dícheillí is go gcuirfeadh sí an samhradh amú ag iarraidh a dhéanamh amach cár sheas sí le fear óg amháin, nuair a bhí fear eile ag cur an oiread sin suime inti.

Caibidil 6

Faoin am ar bhain an gála Cuan na Gaillimhe amach, agus é ag tarraingt ar a trí a chlog, bhí muintir Oileán na Leice réitithe go maith faoina chomhair. Aon rud ar an talamh a d'fhéadfadh imeacht le gaoth, bhí sé ceangailte agus daingnithe go maith. Bhí na báid farantóireachta bailithe leo go dtí calafoirt na mórthíre. Maidir leis na báid eile, bhí cuid acu tarraingthe isteach ar an trá, i bhfad aníos ón lán mara, agus cuid eile ceangailte ag an gCéibh Nua, áit ar cheart go dtabharfadh an tonnchosc, a cuireadh ann deich mbliana roimhe sin, foscadh dóibh ón ngaoth agus cosaint ó na farraigí arda.

Roimh am lóin cuireadh scéala chuig an dream a bhí ag campáil in ionad campála an oileáin. Bhí fíor-dhrochaimsir ag teacht, a dúradh leo. Ní raibh sé in araíocht fanacht san áit a rabhadar mar go mbeadh gála gaoithe ag séideadh díreach isteach orthu ón bhfarraige.

Thugadar aird ar an bhfainic agus bhailigh a bhformhór leo ar an mbád a d'fhág an t-oileán ag a dó a chlog. An chuid acu a shocraigh fanacht san oileán, bhaineadar a gcuid campaí as a chéile láithreach agus fuaireadar seomraí sna tithe lóistín nó leapacha sa mBrú. Maidir leis na turasóirí eile a bhí in Oileán na Leice, is amhlaidh go raibh ríméad ar chuid acu, scoláirí Thumadh Teoranta, ina measc, go bhfaighidís blaiseadh de 'shaol ceart an oileáin' agus thosaigh siad ag réiteach a gcuid ceamaraí agus a gcuid fístaifeadán. Ach bhí tuilleadh fós, go háirithe iad siúd a raibh páistí óga acu, a phacáil a gcuid málaí agus a thug a n-aghaidh abhaile ar an mhórthír.

Thosaigh an ghaoth ag neartú. Níorbh fhada go raibh an fharraige á coipeadh ar thaobh an chuain den oileán. Ní aithneofá an fharraige ach ar éigean. Bhí sí anois mar a bheadh aon mhaidhm gheal amháin ann idir an t-oileán agus cósta na mórthíre. Ba mhaith ann an tonnchosc mar chosaint do chéibh an oileáin ar na tonnta móra millteacha a bhí á bualadh ón taobh thiar. Ach, leis an lán mara, d'athraigh an ghaoth beagán. Ní raibh bac ar bith ar an bhfarraige cháite a thosaigh ag teacht isteach ón taobh thoir. Ba ghearr go raibh Bóthar na Céibhe faoi shruth uisce agus cáitheadh na farraige mar a bheadh deatach ann á scaipeadh trasna an bhóthair agus suas chomh fada leis na tithe ba chóngaraí. Ní fhacthas le cuimhne na ndaoine brachlainní chomh mór á gcaitheamh féin leis an gcladach. Ná ní fhacthas riamh cheana an fharraige ag teacht chomh gar do thithe cónaithe na ndaoine.

Bhí Caitríona sa leaba faoi leathuair tar éis a deich an oíche sin. Ach ba dheacair codladh agus an ghaoth ag lascadh bhinn an tí. Thiteadh néal uirthi, ach ansin dhúisíodh sí de gheit arís. Tharraing sí an chuilt aníos, timpeall ar a cloigeann. Chuir sí a cloigeann isteach faoin bpiliúr. Ach ní raibh aon mhaith ann. Bhí an ghaoth ag neartú i gcaitheamh an ama agus ba ghearr go ndúiseodh sí na mairbh féin. Ar deireadh, shocraigh Caitríona go mbeadh sé chomh maith céanna di éirí. Bheadh an tine fós lasta sa seomra suí. Ach nuair a bhrúigh sí an cnaipe ar an lampa beag le taobh na leapan, níor tharla tada.

'Drochrath air!' a dúirt sí. 'Caithfidh sé go bhfuil an leictreachas imithe as. Agus an oíche chomh dubh leis an bpic!'

Thosaigh sí ag tochailt le theacht ar a fón póca a bhí curtha isteach faoin bpiliúr aici. Níor thaitin an útamáil seo le Pus Bán, a bhí ina chodladh go sámh ag a cosa.

'Mí-á-ú,' ar seisean go cantalach.

'Muise, nach thú an díol truaí,' arsa Caitríona. Nuair a tháinig Caitríona amach as an leaba níor thóg sé i bhfad ar an gcat corraí as an áit a raibh sé. Ar iompú do bhoise bhí sé istigh sa leaba!

D'éirigh le Caitríona, le cúnamh ón solas a bhí ar an bhfón aici, an seomra a thrasnú gan titim agus a muineál a bhriseadh ar an stuif ar fad a bhí caite ar an urlár.

'Tá an ceart ag Mam … tá an seomra seo ina chiseach. Caithfidh mé jab a dhéanamh air tráthnóna amárach,' a dúirt sí léi féin.

Ach cé méid uair cheana a raibh an rud céanna ráite aici? Agus gan aon cheo déanta aici faoi.

Isteach léi sa seomra suí. Bhí coinnle cumhra lasta ag a máthair, a bhí sínte ar an tolg le leabhar.

'Caithfidh tú Kindle a fháil duit féin,' a deir Caitríona. 'Níl mórán rath ar an solas sin.'

'B'fhearr liom leabhar lá ar bith.'

D'fhiafraigh Caitríona dá máthair an raibh an leictreachas i bhfad imithe as.

'Leathuair, nó mar sin. Ní raibh tú in ann codladh?'

'Ní raibh. Cá'il Daid?'

'Chuaigh sé síos ag Mamó scaithimhín ó shin, nuair a chlis ar an leictreachas. Thug sé cúpla coinneal síos leis. Ní chuimhníonn daoine ar iad a cheannach níos mó. Bíonn muid ag ceapadh anois go mbeidh leictreachas againn i gcónaí. Ní hionann is blianta ó shin. Ach, dar ndóigh, tá tusa ró-óg le go gcuimhneofá air sin.'

Sular ceanglaíodh Oileáin na Leice le córas leictreachais na mórthíre bhíodh gineadóir dá cuid féin ag an oileán. Nuair a cuireadh an gineadóir seo isteach, sna seachtóidí, ba iad na hoileánaigh a bhí buíoch beannachtach. Bhí leictreachas acu den chéad uair riamh! Ach fuair siad amach, de réir a chéile, nach raibh an córas a bhí acu thar mholadh beirte. Aon uair a séideadh gála, d'fhéadfá a bheith cinnte go gclisfeadh ar an ngineadóir. Agus, fiú agus an gála caite, ba mhinic iad fágtha cúpla lá eile gan leictreachas; ag fanacht nó go dtiocfadh an teicneoir aniar as an Oileán Mór.

'Bhí mé ag cuimhneamh,' a dúirt Caitríona lena máthair anois, 'gur beag cleachtadh atá ag Bríd ar stoirmeacha mar seo.'

'Ach nach mbíonn stoirmeacha acu chuile áit? Ach tá an ceart agat sa méid is go bhfuil sé i bhfad níos rite anseo againne ná mar a bheadh istigh sna bailte móra.'

'Tá súil agam nach bhfuil an iomarca imní uirthi, ar aon chaoi,' a dúirt Caitríona.

Ach ansin d'oscail an doras agus siúd isteach le Peadar, athair Chaitríona. Ní raibh an doras ach dúnta ina dhiaidh aige nuair a tháinig an solas ann.

'Buíochas mór le Dia,' arsa Caitríona.

'Chuile rud i gceart?' a d'fhiafraigh Sorcha de Pheadar.

'Tá, níl mairg ar an mbeirt. Ach, a mhac go deo, ní chreidfeá ach chomh ropánta is atá sé amuigh.' Bhain sé de a chaipín agus a sheaicéad. 'Tá an-suaitheadh sa bhfarraige. Casadh Seán Pheadairín orm agus mé ag dul aníos agus dúirt sé go raibh an taoille chomh mór is gur chuir sí cúr agus feamainn chomh fada suas le sconsa an ionaid champála. M'anam nár mhaith liom a bheith ar an bhfarraige anocht.'

'Ach ní bheadh daoine ar an bhfarraige oíche mar seo, an mbeadh?' a deir Caitríona.

'Bhuel, dá mbéarfaí amuigh ort, ar chúis eicínt,' a dúirt a hathair.

'Agus tá a fhios agat go mbíonn na tráiléir mhóra sin, an chuid as tíortha eile, amuigh chuile shórt aimsire. Ós ag caint ar an aimsir é, bhí mé ag iarraidh a fháil amach cáide go ligfeadh an stoirm seo fúithi.'

'D'fhéadfadh muid Met Éireann a fháil ar an idirlíon,' a dúirt Caitríona.

Chuaigh sí anonn agus d'oscail sé an ríomhaire glúine a bhí leagtha ar bhord thall sa gcúinne.

'Ach nach bhfuil sé sin é féin ag brath ar an leictreachas?' a d'fhiafraigh a hathair di.

'Tá. Ach bhí sé sáite isteach agam an lá uilig á luchtú.'

'Ach bhí tú ag rá an lá cheana nach seasann sé i bhfad....' a dúirt a máthair.

'Níl sé ag seasamh baol ar chomh fada agus a bhíodh. Tá mé ag ceapadh go dtarlaíonn sé sin nuair a bhíonn siad sean.'

'Níl sé chomh sean sin, an bhfuil?' arsa Sorcha.

'Tá sé agam le trí bliana.'

'Ná bíodh aon imní ort, a stór,' a dúirt Peadar agus é ag caochadh an tsúil ar Shorcha. 'Nach bhfuil jab mór ag Caitríona anois. Ceannóidh sí ríomhaire nua don teach nuair a tharraingeodh sí a pá.'

'Ha! ha!' arsa Caitríona, a raibh an ríomhaire glúine

curtha ar siúl aici anois agus suíomh oifig na haimsire oscailte aici. 'Seo é anseo é, a Dhaid'.

Ní drochscéala a bhí ag lucht na haimsire. Bhí siad fós ag tabhairt fógra gála ach thugadar le fios anois go lagfadh an ghaoth de réir a chéile. Ar chósta an deiscirt is measa a bheadh an ghaoth an chuid eile den oíche, cé go bhféadfadh gustaí láidre a bheith fós ar chóstaí an iarthair, suas go dtí meán lae Dé Máirt.

'Is cosúil go bhfuil an chuid is measa de caite, mar sin,' a dúirt Sorcha. 'Is dóigh go raibh an-imní orthu sna tithe thíos faoin mbaile má bhí an taoille chomh hard sin.'

'Agus cúis acu leis. Tá mé buíoch nach ann a thóg muid an teach seo,' a deir Peadar.

'Bhí an múinteoir tíreolaíochta ag inseacht dúinn go bhfuil na taoillí ag ardú méid áirithe de réir a chéile,' a dúirt Caitríona.

'Agus tá freisin,' a deir Peadar. 'Tá sé le tabhairt faoi deara san oileán seo. Ach níl a fhios agam, a Shorcha, ar cheart dúinn an oiread sin airde a thabhairt ar Met Éireann. Is minic leo an scéal contráilte a bheith acu.'

'Bhuel, le cúnamh Dé, tá an ceart acu an babhta seo,' a dúirt Sorcha.

Theastaigh ó Chaitríona a fháil amach arbh in le rá go mbeadh na báid in ann seoladh an lá dar gcionn.

'Ó, m'anam féin nach ea,' a dúirt a hathair léi. 'Ní fheicfidh tú bád ar bith ar maidin, sin siúráilte. Fiú agus an ghaoth lagtha, bíonn corraí sa bhfarraige ann tar éis gála mhóir mar sin. Ós ag caint ar bháid é, tá súil le Dia agam nár fhág an Boss sin agatsa a bhád ag Céibh an Chlochair. Má d'fhág, tá sí ina smidiríní anois. Níl foscadh ar bith ansin, go háirithe le gaoth anoir aduaidh.'

'Tá sí tugtha anall chuig an gCéibh Nua acu. An raibh sibh ag iarraidh an nuaíocht a léamh sula gcuirfidh mé as an ríomhaire?'

'Léigh amach na ceannlínte,' a dúirt Sorcha. 'Ó tharla é a bheith ar siúl agat.'

Thosaigh Caitríona ag léamh amach na gceannlínte a bhí ag RTÉ ar líne:

Drochdhamáiste déanta ag stoirm ar fud an iarthair; Fear gafa faoi dhúnmharú mná dhá bhliain ó shin; Drochthimpiste bóthair i dtuaisceart Bhaile Átha Cliath; Súil le ráiteas ag deireadh na seachtaine maidir le 'Taisce Oileán na Leice.'

'Tá muid sa nuaíocht arís,' ar sise.

'Má tá, faraor nach scéal fiúntach atá acu fúinn,' a deir Peadar. 'Iad féin agus a dtaisce.'

Ach is ar an ngrianghraf a bhí ag dul leis an mír nuachta seo faoin taisce a bhí aird Chaitríona dírithe anois. An bhféadfadh sé...? Caithfidh sé go raibh mearbhall uirthi. Bhí sé deireanach san oíche agus í tugtha traochta. Ach mar sin féin....

'An bhfuil tú ceart go leor, a stór?' a d'fhiafraigh a máthair nuair a stop Caitríona ag léamh go tobann.

'Tá … níl. Níl a fhios agam … an bhfuil aithne súil ag ceachtar agaibhse ar Liam de Bhál?'

'Chonaic mise uaim é san óstán, oíche ansin le deireanas. Agus an píosa sin a bhí sa nuachtlitir faoin Ionad Tumadóireachta an tseachtain seo caite, nach raibh pictiúr ag dul leis?' a dúirt Peadar.

'Bhí. Ach níor thug mise aon bhreathnú ceart ar an bpictiúr,' a dúirt Sorcha. 'Ní aithneoinn an fear dá siúlfadh sé isteach an doras chugainn. Ach, a Chaitríona, cén bhaint atá…?'

Thug Caitríona an ríomhaire anonn go dtí an tolg, áit a raibh a tuismitheoirí suite. Bhreathnaigh an triúr go grinn ar an scáileán, ar ghrianghraf de thriúr fear a raibh cultacha éadaí orthu agus iad ag dul isteach i stiúideo RTÉ.

'Bhuel?' arsa Caitríona á ngríosú. 'An fear sa lár … an gcuireann sé sin aon duine i gcuimhne daoibh? Tá a fhios agam nach bhfuil aon chroiméal air ach, taobh amuigh de sin, nach é leathcheann Liam de Bhál é?"

'Mura bhfuil an ceart agat, a Chaitríona,' a dúirt a hathair. 'Céard a déarfása, a Shorcha?'

'Ní fhéadfainnse a rá, bealach amháin ná bealach eile. Mar a dúirt mé cheana, níl an fear feicthe riamh agam agus ní mé is fearr ag aithint daoine i bpictiúirí.'

'Aithním an fear sin atá ar thaobh na láimhe deise,' a

dúirt Peadar ansin. 'Is Teachta Dála é don pháirtí nua Tús Áite. Tá sé ar chuile dhiabhal clár raidió agus teilifíse na laethanta seo.'

'Ach, a Dhaid, ab é Liam de Bhál an fear láir?' a d'fhiafraigh Caitríona, nach raibh suim ar bith aici sna polaiteoirí.

'Mura bhfuil an-dul amú orm, is é atá ann,' a dúirt Peadar. 'An cuimhin libh mé a bheith ag rá an lá cheana go raibh "fear an tumtha" feicthe agam ar an nuaíocht! Is dóigh gur 'spáin siad a phictiúr am eicínt cheana.'

'Ach cén bhaint atá ag Liam de Bhál le scéal na taisce?' a deir Caitríona agus amhras ina glór.

'Ach an raibh an Boss anseo san oileán inniu?' a d'fhiafraigh a máthair de Chaitríona.

'Bhí sé san oifig nuair a d'fhág mise í ag a cúig. Ach ní gá gur inniu a tógadh an pictiúr ar chor ar bith.'

'Ní gá gurb é an fear céanna atá ann,' arsa Sorcha. 'Nach minic a bhíonn dealramh ag daoine le chéile? Agus gan bhaint ná gaol acu le chéile. Ach breathnaigh, a Chaitríona, b'fhearr don bheirt againne an leaba a thabhairt orainn féin nó ní bheidh muid in ann corraí ar maidin.'

Chuir Caitríona as an ríomhaire ansin. Theastódh a raibh de chumhacht ann a spáráil, ar fhaitíos go mbeidís gan leictreachas lá arna mhárach.

'Ach cheap mé gur tráthnóna a bhí tú ag obair, a Shorcha,' arsa Peadar.

'Tá Mairéad Dan coinnithe i nGaillimh mar gheall nár sheol an bád. D'iarr sí orm an mhaidin a dhéanamh di.'

Is le banaltracht a chuaigh máthair Chaitríona tar éis di an mheánscoil a fhágáil. Chaith sí ceithre bliana ansin ag obair in ospidéal Naomh Seosamh i mBaile Átha Cliath. Ach nuair a tháinig sí ar ais go hOileán na Leice tar éis pósadh di ní raibh aon fholúntas san oileán, ná in aon cheann de na hoileáin eile, do bhanaltra. De réir mar a chuaigh na blianta thart ghlac Sorcha Uí Fhlatharta leis nach bhfaigheadh sí seans ar phost banaltrachta go deo arís. Ach ansin, sa mbliain 2012, d'oscail Ionad Cúraim na n-Aosach in Oileán na Leice. Bhí banaltraí ag teastáil san ionad agus fuair máthair Chaitríona ceann de na postanna buana a bhí ar fáil.

Caibidil 7

Nuair a dhúisigh an t-aláram í an mhaidin dar gcionn, bhí a fhios ag Caitríona, agus í fós leath ina codladh, go raibh sé ina dhoirteadh báistí agus go raibh an ghaoth fós ag séideadh ina gála. Cúpla nóiméad tar éis di an t-aláram a chur as chuala sí an bíp ag teacht ón bhfón póca. Bhí dhá chroí aici agus í ag léamh an téacs a bhí díreach tagtha isteach: *Fanaigi sa leaba! Leictreachas fos gearrtha. Bigi anseo @ 2. Liam.*

Mar sin féin, d'éirigh Caitríona. Chuaigh sí isteach sa gcistineach agus scríobh sí nóta ag míniú an scéil dá máthair. Mura ndéanfadh sí é sin, taobh istigh de cheathrú uaire an chloig, bheadh a Mam ag bualadh ar dhoras an tseomra leapan, ag fógairt uirthi a bheith ag éirí go beo. Chuaigh Caitríona ar ais sa leaba ansin agus chodail sí go sámh ar feadh cúpla uair an chloig.

Nuair a d'éirigh sí ag a haon déag bhí an aimsir

feabhsaithe cuid mhaith. Ag ceathrú chun a haon, ghlaoigh Caitríona ar Shéamas. An raibh aon seans, a d'fhiafraigh sí de, go dtabharfadh sé síob anonn chuig an obair di ar ball beag?

'Tabharfaidh cinnte,' ar seisean. 'An dtiocfaidh mé suas chuig an teach agat?'

'B'fhéidir…. Ó ná déan. Feicfidh mé taobh amuigh de theach Mhamó thú.'

'Tá do Dhaid thart, mar sin?'

'Tá. Bhí mé le fiafraí díot … an bhféadfá a bheith ann faoi cheann leathuaire nó mar sin? Tá rud eicínt le n-inseacht agam duit sula ngabhfaidh muid soir.'

'Togha, feicfidh mé ag ceathrú tar éis a haon thú, mar sin.'

Síos chomh fada le Caifé Chois Trá a thiomáin Séamas ar dtús.

'Bheadh deoch fuar go deas,' a dúirt sé agus é ag páirceáil ar an taobh eile den bhóthar.

Ach bhí fógra ar dhoras an chaifé a thug le fios nach mbeadh sé ar oscailt beag ná mór an lá sin. Dúirt Caitríona go gceannódh sí cúpla canna cóc sa siopa ar an mbealach agus d'fhéadfaidís iad a ól thall san oifig.

'Céard é seo a bhí le n-inseacht agat dom, ar aon chaoi…?' a deir Séamas agus é ag tiomáint go Garraí Éamainn.

D'éist Séamas lena raibh le rá ag Caitríona gan cuir isteach uirthi ar chor ar bith. Fiú nuair a bhí a cuid ráite aici, ní raibh smid as ar feadh scaithimhín. An gceapann sé go bhfuil seafóid orm, a dúirt sise léi féin. Ceapann sé anois go bhfuil mé chomh dona leis an sean-lad....

'Ní móide gurb é a bhí ann,' a dúirt Séamas ar deireadh. 'Ach más é ... mhíneodh sé cuid mhaith. Ar nós cad chuige nach n-insíonn sé tada faoi féin.'

'Sea. Agus cad chuige nach bhfuil aon rud pearsanta fágtha thart san oifig aige ... pictiúirí, teastais....'

'Agus cuimhnigh ar an méid pasfhocal atá ar an ríomhaire aige!'

'Agus tá an glas curtha ar an seomra sin aige. Agus tá go leor glaonna tagtha ó dhaoine nach bhfágfadh ainm ná uimhir. Ach, a Shéamais, céard atá muid ceaptha a dhéanamh faoi seo?'

'Níl muid le tada a dhéanamh. Chuile sheans go bhfuil dul amú orainn. Agus má tá, beidh muid ag déanamh seó dínn féin. Beidh muid in ár gceap mhagaidh ag an oileán.'

'Fiú má tá dul amú orainn faoin scéal áirithe seo,' a dúirt Caitríona. 'Tá mé amhrasach faoi....'

'Thiocfainn leat ansin. Ach má bhíonn muid an-fhoighneach, má bhíonn muid ag faire ar chuile rud, lá fada nó gearr, ligfidh sé an cat as an mála.'

Ach ní raibh Caitríona chomh foighneach le Séamas. Ba mhaith léi freagraí a fháil ar an bpointe.

'An seomra sin a bhfuil an glas air,' a dúirt sí. 'Ba mhaith liom dhul isteach ann.'

'Bhuel, b'fhéidir gurb é seo do sheans anois.' Bhí siad stoptha taobh amuigh den teach soghluaiste agus ní raibh mac an pheata le feiceáil.

'An bhfuil tú le aon cheo a rá le Mark faoi seo?'

'Níl. Faoi láthair ar aon chaoi.'

'Go maith.'

An mhaidin roimhe sin chuir Liam de Bhál Mark Caulfield agus Caitríona in aithne dá chéile.

'Seo é an dara oiliúnóir atá againn, a Chaitríona. Beidh sé féin agus do chara Séamas ag obair le chéile,' a deir sé.

'Conas atá tú, a Chaitríona?' arsa an fear óg i nGaeilge.

Chroith sé lámh go suáilceach le Caitríona, meangadh gáire ar a bhéal agus féith an ghrinn le feiceáil ina shúile gorma. D'iompaigh sé ansin ar an mBéarla, a raibh blas láidir Bleá Cliathach uirthi, le rá go raibh sé ag súil go mór le bheith ag obair in éineacht léi.

'Fear deas,' a shíl Caitríona ag an am. Mar sin féin, shocraigh sí anois nach raibh a ndóthain aithne acu ar Mhark agus gurbh fhearr a bheith cúramach. Faoin am seo bhí sí féin agus Séamas ina seasamh taobh amuigh de dhoras na hoifige agus sise ag útamáil i dtóin a mála ag iarraidh a theacht ar an eochair.

'Bhí rud eicínt le fiafraí agam díot, a Chaitríona,' a dúirt Séamas go tobann. 'Chuir an scéal seo a bhí agatsa glan as mo cheann é.'

D'inis Séamas do Chaitríona go mbeadh cóisir lae

breithe bliain is fiche ag a chol ceathrar, Ciarán, istigh i nGaillimh ag an deireadh seachtaine. Dream óg ar fad a bheadh ag an gcóisir seo, a dúirt sé agus bhí sé ag iarraidh a fháil amach an dtiocfadh Caitríona ann in éineacht leis.

'Cén lá a bheas an chóisir ar siúl? Tá súil agam nár chaill mé an diabhal sin d'eochair,' a dúirt Caitríona agus í fós ag cartadh.

'Oíche Dé Sathairn. Ba cheart dom é a bheith fiafraithe agam díot roimhe seo.'

'Cén dochar. Ba mhaith liom dul ann.' Bhí an eochair díreach aimsithe aici.

'Ní bheidh aon fhadhb ag do thuismitheoirí leis?'

'Níl siad chomh géar sin uilig. Ach inis é seo dom. An gcaithfidh muid a bheith an-ghléasta?'

'Níl a fhios agam. Óstán nua atá ann, a dúirt siad, Óstán Seantalaimh. Fiafróidh mé faoin ngléasadh. Ar a laghad beidh cúpla pingin agat anois le *style* a cheannach.'

Is ar éigean a bhí Caitríona agus Séamas taobh istigh den doras nuair a tháinig an jíp a raibh Tumadh Teoranta agus lógó an chomhlachta i litreacha móra gorma air. Ach níorbh é Liam de Bhál a bhí á thiomáint. Tar éis dó beannú do Chaitríona, mhínigh Mark do Shéamas go raibh an Boss thall ag an gcéibh nua agus é ag seiceáil an bháid. Bhí sé ag á réiteach len í a thabhairt ar ais arís go Céibh an Chlochair.

'Teastaíonn uaidh go gcuirfidh muide an dinghy —

gabh mo leithscéal an RIB — ar an leantóir ar dtús agus go dtarraingeoidh muid síos go dtí an fánán anseo í. Agus ansin caithfidh muid an trealamh ar fad a thóg sé amach as an mbád roimh an stoirm a chur sa jíp agus dul siar chuig an gcéibh nua leis. '

'Tá muid ag réiteach le dul amach, mar sin?' arsa Séamas.

'Níl muid ag dul amach faoi láthair, ach tá sé ag iarraidh go mbeidh chuile rud réitithe. Tá an ghaoth lagtha cuid mhaith. Agus tá an fharraige ag titim an t-am ar fad.'

Chroch Séamas a sheaicéad ar chrúca a bhí taobh istigh den doras.

'Gabh i leith uait, mar sin,' ar seisean le Mark. Amach leis an mbeirt.

Ach cúpla soicind ina dhiaidh sin, sháigh Séamas a chloigeann isteach an doras.

'Tá do sheans agat anois,' a dúirt sé i gcogar le Caitríona. 'Tá leathuair agat ar aon chaoi.'

'Thar cionn,' ar sise.

'Má tharlaíonn tada, má bhíonn duine eicínt ag teacht anseo nó aon cheo, glaofaidh mé ar d'fhón póca. Ní gá duit é a fhreagairt ach beidh a fhios agat a bheith cúramach....'

'OK.'

Is ansin a chuimhnigh Caitríona i gceart ar a raibh díreach tarlaithe ... bhí Séamas tar éis cuireadh a thabhairt di chuig cóisir! Cóisir ag a mbeadh slua de dhaoine óga an oileáin, gaolta Shéamais ina measc! Dea-chomhartha cinnte!

Ní raibh an ríomhaire ach casta ann aici nuair a chuala Caitríona fón ag glaoch. Ba ghearr gur thuig sí go raibh Séamas tar éis a fón féin a fhágáil ina dhiaidh, istigh ina sheaicéad. Tharraing sí amach an fón agus rith sí anonn leis go dtí an cró, áit a raibh an bheirt lads ag cur an dinghy suas ar an leantóir.

'D'fhág tú an fón i do dhiaidh, a Shéamais,' a dúirt sí. 'Tháinig glaoch isteach … tá sé díreach tar éis stopadh.'

'Ó, a dhiabhail, níor chuimhnigh mé go raibh Daid ceaptha glaoch orm ag am lóin!'

Ní raibh na focla ach tagtha as a bhéal nuair a thosaigh an fón ag glaoch arís.

'A Chaitríona, an mbreathnóidh tú cén uimhir atá sé taispeáint?'

'Tá sé ag tosaí le 1647.'

'Ceanada.'

'An bhfreagróidh tú é, a Chaitríona? Más é do thoil é. Abair le Daid go mbeidh mé ag caint leis anocht.'

'Heileo,' a deir Caitríona isteach sa bhfón.

Theann sí i leataobh le nach mbeadh sí sa mbealach ar an leantóir agus é á tharraingt amach as an gcró acu. Ach níorbh é Jim Ruairí a d'fhreagair a 'heileo.' Cailín a bhí ann. Cailín a labhair i gcanúint nach raibh Caitríona in ann a dhéanamh amach. Nuair a chuir Caitríona in iúl di go raibh Séamas cruógach d'iarr an cailín uirthi a rá le 'Seamas' go raibh Emma ag iarraidh labhairt leis. Fuair sí na teachtaireachtaí a d'fhág Séamas di le cúpla lá anuas, a dúirt an Emma seo. An gcuirfeadh sé glaoch uirthi anocht, ba chuma cé chomh deireanach agus a bheadh sé? Labhair Caitríona go múinte, béasach. Thabharfadh sí an teachtaireacht sin do Shéamas, a dúirt sí. *'Thanks, give him all my love,'* a deir an cailín agus bhí sí imithe.

D'fhan Caitríona nó go raibh an leantóir agus an dinghy tugtha amach agus an glas curtha ar an gcró. Ansin shín sí an fón chuig Séamas.

'Níorbh é do Dhaid a bhí ann ach Emma,' ar sise gan breathnú sa tsúil air. 'Tá sí ag iarraidh ort glaoch uirthi anocht.'

'Scéal cam air! Glaonn sí anois nuair atá mé cruógach,' a deir Séamas agus lig sé osna as. 'Agus mise ag iarraidh labhairt léi chuile oíche ó tháinig mé abhaile.'

Níor dhúirt Caitríona tada. Ní ligfeadh sí uirthi féin go raibh a croí dubh. Sin é an fáth nach bhfaca sí Séamas mórán ó tháinig sé abhaile! Bhí cailín aige i gCeanada! Cailín a raibh Emma uirthi agus a raibh canúint aisteach aici….

Caibidil 8

Dúirt Liam de Bhál go raibh ábhar príobháideach leis féin ar an ríomhaire san oifig. Bhí Caitríona cinnte dá mbeadh sí in ann dul isteach ina chuntas pearsanta go mbeadh an báire léi. Ach, dar ndóigh, ní fhéadfadh sí é sin a dhéanamh gan a phasfhocal. Thriáil sí chuile rud a tháinig isteach ina ceann. Molly Malone, Oileán na Leice, Garraí Éamainn, Céibh an Chlochair. Ach ní raibh aon mhaith ann. Ní raibh a dóthain aithne aici ar an bhfear seo. Chuimhnigh sí gur dhúirt a hathair go raibh duine de na fir a chonaic siad sa bpictiúr ina bhall den pháirtí Tús Áite. Chuir sí é sin isteach. Tada. Is dóigh go raibh bean agus páistí aige a raibh sé ag úsáid a gcuid ainmneacha mar phasfhocail. Ach má bhí, ní raibh aon eolas fúthu anseo san oifig.

Shocraigh sí a ainm a chur isteach i gCuardach Google. Ach cén leagan dá ainm a chuardódh sí? Bhí daoine ag glaoch ag iarraidh labhairt le 'Mr Wall'. Ach chuir sí isteach 'Liam de Bhál' ar dtús. Agus nuair a chuir bhí sí ag breathnú ar ghrianghraf den Bhoss ar an scáileán. Bhí a ainm ceangailte le hábhar bolscaireachta an Ionaid Tumadóireachta agus faoi Oileán na Leice féin. Ach sin uile. Chuir sí isteach 'Liam Wall' ansin. Tháinig ocht bpictiúr suas ar an scáileán láithreach, ach ní raibh aon dealramh ag na fir seo le 'fear an tumtha'. Ach ansin thuig sí go raibh tuilleadh rogha tugtha di faoi 'More images of Liam Wall'. Líon an scáileán … fir de chuile aois, as beagnach chuile cheard den domhan, a raibh an t-ainm 'Liam Wall' orthu. Ach arís ní raibh an Liam a d'aithin sise ina measc seo. Ansin bhí na próifílí ann … dhá leathanach acu: Liam Wall, aisteoir; Liam Wall, tógálaí i gCill Dara; Liam Wall, stiúrthóir ar chomhlacht i Sasana…. Tar éis di cúig nóiméad a chaitheamh ag cliceáil orthu seo d'éirigh sí as. B'fhéidir go raibh bealach níos éifeachtaí ag daoine le teacht ar eolas mar seo ar an idirlíon ach ní raibh mórán cleachtaidh aicise ar an gceird.

Is ansin a rith sé le Caitríona go bhféadfadh sé gur scríobh an Boss a chuid pasfhocal amach, ar fhaitíos go ndéanfadh sé dearmad orthu. Thosaigh sí ag treabhadh go cúramach tríd an dialann a bhí ar an deasc, ansin trí chuile phíosa páipéir a bhí istigh sa tarraiceán agus crochta ar chlár na bhfógraí. Ach níor tháinig sí ar aon rud a raibh cosúlacht pasfhocail air.

Sin, sin, a dúirt Caitríona go diomúch léi féin. Níl

tada anseo. Ach, le cúnamh Dé, beidh rud eicínt sa 'seomra rúnda'.

Is é an chéad mhaith a rinne Caitríona ansin ná an glas a chur ar dhoras na hoifige. Ní hé go mbíodh na sluaite ag tarraingt ar oifigí Thumadh Teoranta, ach ag an am céanna, b'fhearr a bheith cúramach. D'fhéadfadh sé i gcónaí go dtiocfadh an fear é féin, nó Mark, ar ais sula mbeadh seans ag Séamas fainic a chur uirthi.

Bhreathnaigh Caitríona ar an mbeart mór eochracha a bhí crochta ar chrúca taobh thiar den deasc. Thóg sí anuas iad agus í ag guí le Dia go mbeadh eochair ina measc don 'seomra rúnda'.

Is ansin díreach a thosaigh a fón póca ag glaoch. Chonaic sí gurb í uimhir Shéamais a bhí ar an scáileán! Bhí Caitríona ar ais ag a deasc agus í ag clárú seolta agus uimhreacha gutháin don chéad chúrsa eile nuair a tháinig Séamas agus Mark isteach. Ní raibh Liam de Bhál i bhfad taobh thiar díobh.

'A Chaitríona, an gcuirfidh tú glaoch ar na scoláirí dom, le do thoil? Abair leo go bhfuil athrú beag ar chlár an lae. Tá uair an chloig eile saor acu. Beidh siad ag teacht anseo go dtí an oifig ag leathuair tar éis a trí, in áit leathuair tar éis a dó.'

'Níl sibh ag dul amach, mar sin?'

'Níl. Tá sé fós rógharbh.'

Bhain Liam de Bhál a mhála dá dhroim agus thóg sé ríomhaire glúine amach as.

'An fhad is a bheidh Caitríona á dhéanamh sin, a lads, cabhróidh sibhse liom an seomra ranga a réiteach.'

Chuaigh sé anonn agus thóg sé an beartán eochracha den chrúca.

'Níl mórán le déanamh i ndáiríre ... ach caithfimid na cathaoireacha a eagrú agus an clár bán a cheangal leis an ríomhaire glúine seo.'

Chaith Séamas súil sciobtha i dtreo Chaitríona ach níor lig sí uirthi féin go bhfaca sí é seo.

Caibidil 9

Nuair a chríochnaigh Caitríona ag a cúig Dé Céadaoin na seachtaine sin bhí Iain, a tháinig ar ais chuig an oileán ar bhád na maidine, ag fanacht léi taobh amuigh den oifig.

'Bhí mé thíos ag an gcéibh ansin ar ball,' a dúirt sé. 'Céibh an Chlochair. An cuimhin leat go mbíodh muid ag teacht anseo nuair a bhí muid níos óige? Is deas an áit é.'

'Tá sé i bhfad ró-iargúlta,' a dúirt Caitríona.

Ach níor aontaigh Iain léi. Bhí sé ar áit chomh ciúin, síochánta agus a d'fhéadfá a fháil dar leisean agus radharc iontach as ar Ailltreacha an Mhothair agus ar an mBoireann i gContae an Chláir. Agus í ag cur an ghlais ar an doras, d'inis Iain do Chaitríona go raibh socrú déanta aige go gcasfadh an bheirt acu le Bríd, Ruth agus Séamas i gcaifé nua an óstáin.

'Go maith,' a dúirt Caitríona. 'Is ar éigean atá deoraí feicthe agam ó thosaigh mé sa jab seo.'

'An bhfuil a fhios agat, a Chaitríona,' a dúirt Iain agus iad ar a mbealach siar, 'gurbh aoibhinn liom a dhul amach sa dinghy sin a mbíonn siad ag tumadh aisti. D'fhéadfadh muid dul ag tóraíocht na taisce?'

'Níl tú i ndáiríre?'

'Bheadh an chraic againn.'

'Is dóigh go mbeadh ach ní bheadh cead againn....'

Bhí an-fhonn ar Chaitríona inseacht d'Iain faoin mbleachtaireacht a bhí ar bun aici féin agus ag Séamas. Ach bhí Séamas tar éis fainic a chur uirthi níos túisce gan tada a rá le aon duine.

'Fiú le hIain?' a dúirt sise ag an am.

'Fiú le hIain. Caithfidh muid é a choinneáil dúinn féin go fóill beag.'

Bhí Iain fós ag caint. 'Bhí mé ag cuimhneamh ar an taisce seo cuid mhaith nuair a bhí mé ag baile,' a dúirt sé. 'Tá mé ag déanamh amach anois nach anseo ar chor ar bith atá sé ach ar cheann de na hoileáin bheaga! Cuirfidh mé geall ar bith leat.'

'Ach is tusa an duine a bhí cinnte cúpla lá ó shin gur in Oileán na Leice a bhí sé!'

'Bhuel, d'athraigh mé m'intinn ó shin.'

'Agus cé acu oileán a bhfuil an taisce ann, a Sherlock Holmes?' a deir Caitríona agus í ag baint as.

'Caithfidh mé staidéar ceart a dhéanamh air sin.'

Amach ó Oileán na Leice tá trí cinn d'oileáin bheaga agus is fúthu seo a bhí Iain ag caint. An ceann is lú ar fad acu, an ceann a dtugtar an tOileáinín air, tá sé thart ar dhá mhíle taobh thoir d'Oileán na Leice. Níl san Oileáinín, le bheith fírinneach, ach carraig sa bhfarraige. Ach an dá oileán eile, Oileán Bhríde agus Inis Bheag, atá suite ó dheas d'Oileán na Leice, tá siad cuid mhaith níos mó ná sin.

Nuair a bhain siad ceann scríbe amach, rinne Iain caol díreach ar mhapa mór den oileán a chonaic sé ar bhalla an chaifé. Bhí sé féin agus Caitríona ina seasamh ag déanamh staidéir ar an mapa nuair a labhair Séamas taobh thiar díobh.

'Cheapfadh aon duine gur turasóirí a bhí ionaibh!' a deir sé. 'Anois, a dhaoine uaisle cár mhaith libh a dhul inniu? Tabharfaidh mé praghas an-réasúnta daoibh ó tharla sórt aithne a bheith agam ar an mbeirt agaibh!'

Shuigh siad ag bord sa gcúinne agus thosaigh siad ag léamh an bhiachláir. Ní raibh caifé an óstáin róchruógach. Áit nua a bhí ann, nach raibh oscailte ach le seachtain, fiontar eile de chuid an óstáin. Cúpla méadar síos an bóthar uaidh a bhí Caifé Chois Trá, caifé beag a bhíodh oscailte chuile shamhradh ó ba chuimhin leis na daoine óga seo é. Is iomaí lá a chaitheadar i gCaifé Chois Trá ón am ar shroicheadar na déaga. Ach inniu, theastaigh uathu an caifé nua seo a thriáil. Bhí siad fós ag scrúdú an bhiachláir agus iad ag clamhsán faoi na praghsanna nuair a tháinig Bríd isteach.

'Níl Ruth ag teacht?' a deir Iain agus é ag breathnú

taobh thiar de Bhríd. Bhraith Caitríona go raibh andíomá air.

'Níl. Bhí an tráthnóna ceaptha a bheith saor aici ach tharla rud eicínt ag an nóiméad deireanach.'

D'ordaigh siad cupán caife agus slisín cáca milis an duine. Ansin, an fhad is a bhí siad ag fanacht, thosaigh Iain ag inseacht do Shéamas faoin gcúis a raibh suim aige i mapa an oileáin.

'Cuirim i gcás, a Shéamais, go raibh rud agat a bhí tú ag iarraidh a chur i bhfolach ar oileán, cé acu de na hoileáin bheaga atá thart anseo a roghnófá?'

'Ó! Oileán Bhríde, gan dabht ar bith.'

D'fhiafraigh Caitríona de Shéamas cad chuige gurb é Oileán Bhríde a roghnódh sé.

'Tá cúpla fáth leis. Sa gcéad chás de, níl sé chomh deacair sin uilig dhul i dtír ann. D'fhéadfá bád a cheangal d'Aill an Iascaire am ar bith. Sin é an áit a mbíodh bádóirí Chonamara ag cur móna i dtír sa seanam. Ach dá mbeifeá ann ag an am ceart, leis an taoille íseal, bheadh trá bheag fhoscúil ar an taobh ó dheas den oileán.'

'Níl aon duine ina gcónaí ann, an bhfuil?' a d'fhiafraigh Bríd.

'Níl, ná le fada,' a dúirt Séamas. 'Ach, a Iain, tá rud eile faoin oileán áirithe seo. Tá sé níos faide as láthair … is é an t-oileán is faide amach sa gcuan é. Luíonn sé le réasún gur lú seans go bhfeicfí thú ag dul ann nó ag teacht as.'

Bhí Iain ag cuimhneamh air féin an fhad is a bhí

an freastalaí ag cur a gcuid bia ar an mbord.

'Ach fan agat féin soicind beag amháin,' ar seisean le Séamas nuair a bhí an cailín imithe. 'Má tá bealach éasca isteach chuig an oileán, mar a dúirt tú, nach in le rá go bhféadfadh cuid mhaith daoine a bheith ag dul i dtír ann? Daoine a bhfuil báid acu. Cé chomh sábháilte agus a bheadh do thaisce ansin?'

Chuir Séamas strainc air féin.

'D'fhiafraigh tú díom, a Iain, cé acu de na hoileán a roghnóinn. Agus thug mé ainm oileáin duit a bhféadfá dhul i dtír ann gan tú féin a bhá! Ina dhiaidh sin is fút féin a bheadh sé áit mhaith a aimsiú san oileán le do thaisce a chur i bhfolach ann.'

Nuair a stop an bheirt lads ag spochadh as a chéile, d'fhiafraigh Caitríona de Shéamas cén fhad as Oileán na Leice a bhí Oileán Bhríde.

'Is dóigh ... deich míle nó mar sin ... ach bheadh sé ar an mapa.'

Anonn le Bríd chuig an mapa ar an mballa.

'De réir an scála atá acu,' a dúirt sí tar éis tamaillín. 'Ocht míle as seo atá sé.'

Ach ansin thug sí rud eile ar fad faoi deara.

'Tá siad ag rá anseo go bhfuil bád raice ar Oileán Bhríde.'

Thosaigh Bríd ag léamh amach an eolais a tugadh san eochair a bhí ag dul leis an mapa. 'Long bháite *Catherine Jane* 1963.'

'An raibh an t-oileán tréigthe ag an am sin, a Shéamais?'

'Bhí. Ach dá bhfeicfeá *Catherine Jane* anois. Tá sí ag titim as a chéile leis an meirg.'

'B'in le rá go raibh tú i dtír ann, a Shéamais?' a deir Caitríona.

'Bhí mé istigh ann go minic. Go háirithe an bhliain ar fhág mé … bhí mé ag iascach le m'uncail an samhradh sin.'

Nach mbeadh sé an-bharúil, dúirt Iain, dá mbeadh taisce a goideadh as seansoitheach amháin curtha i bhfolach i seansoitheach eile! Thosaigh sé ag iarraidh a oibriú amach cén fhad a thógfadh sé orthu ocht míle a thaisteal sa dinghy a bhí ag Tumadh Teoranta. Nuair a chuala Séamas an chaint seo ba bheag nár thacht sé ar a chaife!

'Go sábhála…! An bhfuil tú craiceáilte, a Iain? Níl mé ceaptha an RIB a úsáid ach "ar ghnó an chomhlachta." Sin é atá sa gconradh a shínigh mé féin agus Mark.'

'Ach níor ghá go mbeadh a fhios ag do bhoss a dhath faoi. Ghabhfadh muid amach an-mhoch ar maidin.'

'Ní dhéanfaidh muid a leithid de rud! Agus, ar aon chaoi, níl a fhios agam an bhféadfá a bheith i do shuí roimh an mboss. Déarfainn gur insomniac atá sa bhfear.'

Bhí an-díomá go deo ar Iain.

'Tá tú ag rá liom, mar sin, a Shéamais, nach dtabhar-faidh tú amach chuig na hoileáin bheaga muid sa dinghy?'

'Tá. Sin é díreach atá mé ag rá. Taitníonn an jab seo liom. Agus teastóidh sé uaim ar mo CV lá eicínt amach anseo.'

Uair an chloig ina dhiaidh sin agus iad ag réiteach le dul abhaile sméid Séamas ar Chaitríona.

'Sula n-imeoidh tú, a Chaitríona … ceist agam ort. Faoi na bileoga eolais sin a bhí le leagan amach….'

Nuair a bhí an bheirt acu imithe i leataobh, d'inis Caitríona do Shéamas nach raibh aon mhaith déanta aici. Bhí na heochracha tugtha leis ag Liam de Bhál nuair a tháinig sí isteach ar maidin. Agus bhí meall oibre fágtha aige di. An oiread is gur ar éigean a bhí am aici a lón a ithe gan trácht ar a bheith ag déanamh bleachtaire di féin.

'A, bhuel, b'fhéidir go bhfaighidh tú seans eile amárach.'

'Le cúnamh Dé.'

Caibidil 10

D'éirigh thar barr leis an gcéad chúrsa tumadóireachta a d'eagraigh Tumadh Teoranta. Cé gur chailleadar dhá sheisiún tumadóireachta de bharr na stoirme ag tús na seachtaine, chomh luath agus a shocraigh an aimsir síos, rinne Liam de Bhál cinnte de gur tugadh breis ama ar an bhfarraige dá chuid scoláirí. Agus iad ag críochnú tráthnóna Dé hAoine bhí an dream a d'fhreastail ar an gcúrsa breá sásta agus teistiméirí maithe á dtabhairt do Thumadh Teoranta acu. Bhí chuile rud eagraithe go maith a dúradar, tugadh blaiseadh dóibh de shaol oileáin agus dar ndóigh ba mhór an chuidiú í an aimsir bhreá a lean an stoirm.

Chaith Caitríona na laethanta breátha sin san oifig, léi féin formhór an ama, an fhaid is a bhí na fir amuigh ar an bhfarraige. Ach má chaith féin, níor éirigh léi teacht ar aon eolas breise faoi Liam de Bhál. Aon uair dá raibh an seomra ranga in úsáid acu chuireadh Liam de Bhál an glas ar an doras chomh luath agus a bheadh na ranganna thart agus thugadh sé leis na heochracha.

Maidir le Séamas, taobh amuigh den Chéadaoin nuair a chasadar ar fad le chéile sa gcaifé nua, ba ar éigean a chonaic Caitríona é. Sula dtosaíodh sise ar chor ar bith ar maidin bhíodh an RIB tugtha siar go dtí an Chéibh Nua aige féin agus ag Mark. Bhídís ansin ag fanacht leis an gcéad ghrúpa tumadóirí a bhíodh le tabhairt amach ag a naoi.

Chuile oíche, áfach, thagadh téacs ó Shéamas: *Aon sceal? Ar eirigh leat aon mhaith a dheanamh inniu?* Agus ansin, tar éis freagra diúltach a fháil: *Mor an trua. Fonn ort dul le haghaidh spin?*

Bhí a fhios ag Caitríona gur cheart di bualadh le Séamas ach, ar chúis eicínt, bhí sí á chur ar an méar fhada. Bhíodh leithscéal aici dó chuile oíche dá n-iarrfadh sé uirthi castáil leis.

Ach tráthnóna Dé hAoine, ghlaoigh Caitríona ar Shéamas ar deireadh. Sula ndearna sí an glaoch, bhí sé oibrithe amach ina cloigeann aici. D'fhiafródh sí de faoi Emma ar dtús. Ag brath ar cé mar a rachadh ar an gcomhrá sin, dhéanfadh sí suas a hintinn faoin gcóisir lá arna mhárach. Ach, chomh luath agus a d'fhreagair sé an a glaoch, loic sí. Níor lua sí Emma beag ná mór. Dúirt sí gurb amhlaidh a bhí sí ag glaoch le rá nach bhféadfadh sí dul leis chuig an gcóisir. Ní raibh sí ag aireachtáil rómhaith, a dúirt sí, agus ní bheadh sí in ann don turas fada ar an mbád farantóireachta. Cé nár dhúirt sé ach 'tabhair aire duit féin' d'aithin sí ar a chuid cainte go raibh Séamas an-diomúch.

An Domhnach dár gcionn, chuaigh Caitríona chuig na rásaí curach san Oileán Mór le Máirtín Thomáis. Cúpla uair i rith an lae, tháinig sé isteach ina ceann gur i nGaillimh a bheadh sí in éineacht le Séamas, murach gur fhreagair sí an fón póca tráthnóna Dé Máirt. Agus í ag déanamh deargóinseach di féin, gan a fhios aici a dhath beo faoin gcailín ar an taobh eile den Atlantach!

Nuair a dúirt Caitríona le Máirtín maidin Dé Sathairn go rachadh sí chuig na rásaí leis ar an Domhnach, ba léir go raibh sé an-sásta. Chuir sé i gcuimhne di ansin go raibh míle fáilte roimh a cairde freisin. Nuair a d'inis sí do Ruth faoi dúirt sise gur bhreá léi a theacht. Thaitin an t-Oileán Mór léi i gcónaí agus bhí gaolta aici thiar ann. Bhí sí ag cuimhneamh dul siar ar an mbád farantóireachta, a dúirt Ruth, ach chuala sí go rabhadar ag baint lán laidhre amach ar na ticéid. Maidir le Bríd, cé go dtaitneodh léi na rásaí curach a fheiceáil, dúirt sí gur lá fada a bheadh ann agus go mbeadh drogall uirthi a seanmháthair a fhágáil léi féin an t-achar sin.

Ar an turas siar bhí beirt lads eile sa mbád le Máirtín. Bhí an triúr sa gcoláiste le chéile, a dúirt Máirtín, agus é ag cur David agus Breandán in aithne do na cailíní. Ach

shíl Caitríona go raibh an bheirt eile i bhfad níos sine ná
Máirtín agus róshean le bheith ina mic léinn. Nuair a
luaigh sí é seo le Ruth níos deireanaí, d'aontaigh a cara léi
go raibh David agus Breandán ar a laghad deich mbliana
níos sine ná Máirtín ach mheabhraigh sí do Chaitríona
nach chuile dhuine a théann chuig an gcoláiste díreach
tar éis dóibh críochnú sa mheánscoil.

'Tá a leithid de rud ann,' a dúirt sí, 'agus mic léinn
lán-fhásta.'

Bhí an t-Oileán Mór plódaithe. Bhí na sluaite tagtha
as na hoileáin eile agus ón mórthír le breathnú ar na
rásaí curach, a bhíodh ar siúl anois go bliantúil i mBaile
na Manach. Comórtas géar a bhí ann, go mór mór, do
Chorn na nOileán, a bhí teoranta d'fhoirne a rugadh sna
hoileáin. Bhailigh an lucht féachana le chéile ar an trá
agus ar an duirling cloiche agus chaon bhéic acu ag
gríosú na bhfoirne. Nuair a bhí sé uilig thart, Corn na
Sinsear buaite ag an Oileán Mór agus Corn na Sóisir
tugtha leo ag foireann as Oileán na Leice, thug an slua
aghaidh ar Óstán an Chuain, áit a mbronnfaí na
duaiseanna. Ach nuair a chonaic Caitríona agus Ruth
chomh plódaithe agus a bhí an t-óstán agus an gleo agus
an rírá ar fad a bhí thart san áit, is beag fonn a bhí orthu
an chuid eile den lá a thabhairt ann. Ach, tar éis dóibh
geábh a thabhairt timpeall, ní róthógtha a bhí siad le
Baile na Manach féin, ach an oiread. Ní fios cén t-athrú
atá tagtha ar an sráidbhaile seo le blianta beaga anuas, é

ag cur thar maoil i rith an lae le cuairteoirí a thagann as chuile cheard den domhan agus lán le siopaí beaga den chineál a fheictear i mbailte cois farraige a mbíonn tarraingt na dturasóirí lae orthu. Níl aon ghanntanas bialann ná tithe tábhairne san áit ach an oiread agus an té a bhíonn ag dul thar bráid bíonn sé bodhraithe ag an gceol bríomhar Gaelach atá ann d'aon turas len é a mhealladh thar táirseach isteach.

'Tá an ghráin agamsa ar an mbaile seo,' a deir Ruth. 'Tá mo cheann á scoilteadh cheana féin.'

'Níor mhaith liom an lá uilig a chaitheamh ann,' a dúirt Caitríona.

Shocraigh an bheirt chailíní ansin go mbaileoidís leo as Baile na Manach ar fad. Chaithfidís an chuid eile den lá ag rothaíocht timpeall an oileáin. Ar an mbealach d'fhéadfadh Ruth bualadh isteach chuig a haintín Síle, thiar i mBaile an Locha. Nuair a chuala Máirtín Thomáis gurb é seo an plean a bhí ag na cailíní, dúirt sé go raibh an ceart uilig acu.

'Tiocfaidh mé in éineacht libh. Is mór an peaca a bheith istigh in óstán a leithid de lá breá,' a dúirt sé.

Síos leis an triúr ansin go dtí an foirgneamh cloiche a bhí ag an gcrosbhóthar, áit a raibh rothair le fáil ar cíos. Ach tar éis dóibh na rothair a bheith faighte acu, tháinig scáth ar Ruth nuair a chonaic sí an méid tráchta a bhí ar an mbóthar nua a thabharfadh iad ó Bhaile na Manach go dtí ceann thiar an oileáin. An bhféadfaidís dul ar

Chosán an Chladaigh, a d'fhiafraigh sí den bheirt eile, leis an mbóthar nua seo a sheachaint ar fad.

'Níl a fhios agam fúibhse,' a deir Ruth, 'ach ní raibh mise riamh ag rothaíocht agus an trácht ag dul tharam chomh sciobtha leis sin! Chuirfeadh sé an croí trasna ionam. Tá Cosán an Chladaigh ruainne beag níos faide ach tá a fhios agamsa an bealach.'

'Ní raibh mise anseo ó críochnaíodh an bóthar nua,' a dúirt Caitríona agus iad ag leanacht comhairle Ruth agus ag casadh síos go dtí Cosán an Chladaigh. 'Tá sé díreach ar nós na mbóithre atá acu amuigh ar an mórthír. Ní cheapaim go bhfeileann sé d'áit ar nós oileán.'

'Tá go leor daoine a bheadh den tuairim chéanna leat,' a deir Ruth. 'Tharraing sé raic sular tógadh é ar chor ar bith.'

'Ach ní thuigeann sibh, a chailíní,' a dúirt Máirtín go húdarásach, 'go raibh an bóthar sin ag teastáil go dóite uathu. Go háirithe tar éis don tseirbhís farantóireachta nua tosaí — an ceann atá in ann paisinéirí ina gcuid carranna a thabhairt isteach is amach ag an oileán. Ceapaim féin gur iontach an dul chun cinn é.'

Thuig Caitríona ansin nach raibh sí féin agus Máirtín ar aon intinn ar chor ar bith faoin scéal seo. Ba léir nach raibh an tuiscint chéanna acu ar céard a bhí i gceist le 'dul chun cinn,' ach shocraigh sí gan tada a rá. D'fhéadfadh díospóireachtaí dá leithid sin a bheith acu am eicínt amach anseo.

Fiche nóiméad ina dhiaidh sin shroicheadar Baile an Locha. Nuair a bhuaileadar isteach chuig Siopa Uí Dhireáin, ar le aintín Ruth é, cuireadh míle fáilte rompu istigh. Agus, dar ndóigh, míle agus céad ceist faoi na rásaí curach. Thosaigh col ceathar Ruth, Nóirín, ag déanamh trua di féin faoi nach thoir i mBaile na Manach a bhí sise, in áit a bheith 'sáinnithe anseo i móinseach sa siopa', mar a chuir sí é. Bhí sí ag cailleadh amach ar an gcraic uilig, dar léi féin. Ach chuir a máthair ar a súile di cé chomh mór agus bhí siad ag brath le haghaidh slí mhaireachtála ar na cuairteoirí, nach mbíodh ann ach ar feadh cúpla mí an tsamhraidh.

'Is i mBaile na Manach nó i bhfoisceacht míle nó dhó don bhaile, atá an chuid is mó de mhuintir an oileáin seo ina gcónaí anois,' arsa Síle Uí Dhireáin leis na cuairteoirí as Baile na Leice. 'Tá dhá ollmhargadh thoir ansin acu anois agus is beag meas atá ar na siopaí beaga a bhí ann le cuimhne na ndaoine. Murach na cuairteoirí a thugann a n-aghaidh siar an bealach seo sa samhradh bheadh muide dúnta i bhfad ó shin.'

Tar éis do Chaitríona cúpla rud a bheith ceannaithe aici mar lón dúirt sí gur mhaith léi bóthar a bhualadh arís.

'Má choinníonn sibh oraibh siar an bóthar, tá trá bheag ghleoite ann,' arsa Nóirín, 'Trá na Muiríní. Níl sé aon achar as seo.'

'Sin é a dhéanfas muid mar sin,' arsa Máirtín. 'Rachaidh muid siar chomh fada le Trá na Muiríní.'

'Fanfaidh mise anseo in éineacht le Nóirín nó go dtiocfaidh sibh ar ais,' a dúirt Ruth. Bhí a dóthain aici den rothaíocht go ceann scaithimh, a dúirt sí.

Níor thóg sé ach deich nóiméad ar an mbeirt rothaí deireadh an bhóthair a bhaint amach. Bhí siad anois ag ceann thiar an oileáin ar fad. Nuair a thuig siad nach bhféadfaidís na rothair a thabhairt níos faide, leag Caitríona agus Máirtín go cúramach iad le hais an chlaí. Bhí carrchlós beag ann ina raibh roinnt carranna agus dhá mhionbhus páirceáilte. Síos leo ansin gur shuigh siad ar an duirling ag barr na trá. As an áit a rabhadar, ag breathnú uathu, thabharfadh duine an leabhar nach raibh idir an t-oileán agus cósta Chonamara ach cúpla míle gairid farraige. Shilfeá go bhféadfadh snámhaí ar bith é a thrasnú gan stró. Ach, nuair a dúirt Caitríona an méid seo lena compánach, mheabhraigh seisean di go raibh ar a laghad deich míle farraige idir iad féin agus an mhórthír agus gurbh iomaí curach agus bád a chuaigh i mbaol a mbáite, nó go grinneall fiú, sa bpíosa farraige a bhí amach as a gcomhair.

'Ní gan fáth a thugtar an Sunda Salach air,' a dúirt sé. Píosa beag síos uathu bhí fógra a thug le fios go raibh ardghradam bainte amach ag Trá na Muiríní, as glaineacht an uisce agus as na háiseanna a bhí curtha ar fáil ann don phobal.

'Bhí an ceart ag Nóirín faoin trá,' arsa Máirtín.

'M'anam go raibh,' a deir Caitríona agus í ag bhaint di

a cuid bróga. 'Agus tuigim tuige a dtugtar Trá na Muiríní air. Tá sé breac le sligíní de chuile chineál! Ach tá aiféala orm anois nár thug mé mo chulaith snámha liom.'

Bhí sí loiscthe ag an teas agus éad uirthi leis an dream a chonaic sí ag snámh san uisce glan glé.

'Bhuel, ní raibh aon chuimhneamh againn gur abhus anseo a bheadh muid.... '

'Ach tá sé i bhfad Éirinn níos deise anseo.'

'Tá tú sásta gur tháinig tú, mar sin?'

'Tá.'

Agus b'in í an fhírinne. D'fhéadfadh sí a bheith in áit níos measa, a dúirt sí ina hintinn féin. Agus iad suite ansiúd ar a suaimhneas ag breathnú amach ar chósta Chonamara agus ar na Beanna Beola a bhí taobh thiar de, thosaigh Máirtín ag ceistiú Chaitríona. An raibh sí le dhul ag an ollscoil, nuair a bheadh an Ardteist déanta aici, a d'fhiafraigh sé di. Nó an raibh pleananna eile aici? Dúirt Caitríona go dtabharfadh sí a dhá súil ar a bheith ina múinteoir, gurb in é a theastaigh uaithi i gcónaí, ach nach raibh seans aici na pointí a bhí ag teastáil a fháil.

'Ach tá bliain eile fós agat, nach bhfuil? Má chuireann tú romhat é, tá tú in ann é a dhéanamh.'

Ach bhí Caitríona an-amhrasach, a dúirt sí. Níor mhór di a bheith ag staidéar ó mhaidin go hoíche seacht lá na seachtaine, rud nach raibh cleachtadh ar bith aici air.

'Níl mise ar nós Ruth,' a dúirt sí agus d'éalaigh osna uaithi. 'Faraor géar.'

'Tá sise go maith ag an scoil?'

'Go maith? Tá sí thar barr uilig. Is sórt genius í. Bíonn sí ag fáil A-nna ins chuile ábhar. Tá sí ag iarraidh a bheith ina dochtúir. Agus gheobhaidh sí na pointí. Chomh siúráilte is atá tú beo.'

'Ach tá neart rudaí eile a d'fhéadfadh duine a dhéanamh,' a deir Máirtín. 'Gan na pointí arda, tá mé ag rá.'

'D'fhéadfainn cúrsa Montessori a dhéanamh. Sin é a rinne deirfiúr Bhríde agus fuair sí jab chomh luath agus a bhí sí críochnaithe.'

Ina dhiaidh sin thosaigh Máirtín ag caint faoi na pleananna a bhí aige féin. Tharla é bheith críochnaithe anois sa gcoláiste, a dúirt sé, bhí rún aige socrú síos sa mbaile, áit ar rugadh agus ar tógadh é. Bhí a chairde ag bailiú leo, ag tabhairt a n-aghaidh ar an Astráil agus ar thíortha go leor eile. Ach níor chreid sé féin gur ghá imeacht as an tír le slí mhaireachtála a bhaint amach. Ní raibh ansin uilig ach leithscéal nuair a theastaigh ón dream óg an baile a fhágáil agus cuid den saol mór a fheiceáil.

'Beidh mo ghnó féin agam an chéad bhliain eile,' a dúirt sé le Caitríona go mórálach. 'Ag tabhairt iascairí amach sa gcuan. Ní raibh mé réitithe ceart i mbliana, ní raibh na páipéir uilig faighte agam in am. Ach beidh chuile rud faoi réir agam don chéad samhradh eile, le cúnamh Dé.'

Ag an bpointe sin tháinig an rud a dúirt Séamas faoi

Mháirtín Oíche Sin Seáin isteach i gcloigeann Chaitríona. Séamas ag déanamh iontais cén chaoi a raibh bád agus veain nua ag fear nach raibh ach díreach críochnaithe sa gcoláiste. Bhí a fhios ag Caitríona nach saibhir a bhí muintir Mháirtín Uí Chonaire, ach an oiread lena muintir féin. Bhí feilm bheag ag Tomás Phat Ó Conaire agus, ar nós go leor de mhná an oileáin, bhíodh Síle Uí Chonaire ina 'Bean an Tí,' ag an gcoláiste samhraidh. Cé as ar tháinig airgead Mháirtín mar sin? A dhóthain le bád nua agus an trealamh nua-aimseartha ar fad a bhain léi a cheannach? Gan trácht ar chor ar bith ar an veain? Ach b'fhéidir go raibh 'leathbhádóir' aige, duine le hairgead...?

'An bhfuil duine eicínt i bpáirt leat?' a d'fhiafraigh sí de.

'Bhuel, tá jabanna geallta agam do David agus do Bhreandán. Rinne Breandán an cúrsa céanna liom féin. Agus is é David 'fear an airgid'. Ní hé go bhfuil aon airgead ag an bhfear bocht, bíonn sé i gcónaí bánaithe! Ach tá cúrsa gnó déanta aige agus beidh sé in ann breathnú amach do na leabhra.'

Thug sé seo le tuiscint do Chaitríona gurb é Máirtín féin a bheadh ina mháistir ar an ngnó nua.

'Sin bád breá atá agat,' a dúirt sí ansin, ag iarraidh teacht ar an eolas a bhí uaithi ar bhealach eile. 'Ní hé go bhfuil a fhios agam an oiread sin ar fad i dtaobh báid, ach déarfainn gur chosain sí lán laidhre.'

Ach go tobann thug Máirtín aghaidh go dáiríre uirthi. Theann sé níos cóngaraí di agus leag sé a lámh ar a gualainn.

'Ní fios cén ríméad atá orm go bhfuil tú anseo, a Chaitríona,' a dúirt sé agus é ag breathnú isteach idir an dá shúil uirthi. 'Bhí faitíos orm ansin le seachtain nach raibh aon suim agat ionam.'

Níor fhan focal ag Caitríona. Cén sórt seafóide a bhí uirthi nach bhfaca sí é seo ag teacht? Cad chuige nár choinnigh sí an chois ag Ruth le nach mbeadh sí féin agus Máirtín fágtha i gcomhluadar a chéile? Ach ní raibh aon cheo tugtha faoi deara ag Máirtín agus bhí sé fós ag caint.

'Cheannaigh mé suíomh deas le deireanas thoir ar Bhaile an Dúna agus tá mé istigh ar chead pleanála.'

'A Mhac go deo!' a dúirt Caitríona ina hintinn féin. Cad chuige nár fhan sí ag an gceiliúradh i mBaile na Manach leis na hoileánaígh eile?

Ach is amhlaidh a chuir sí scairt gháire aisti. Ansin d'fhiafraigh sí de Mháirtín an raibh sé tar éis an Lotto a bhuachtáil.

'Muise, níl mé. Faraor,' a dúirt seisean. 'Ach cailleadh aint liom i Sasana a d'fhág slám maith airgid le huacht agam. Idir é sin agus an jab a bhí agam, an téarma deireanach sa gcoláiste....'

'Agus cén sórt jab a bhí ansin?'

Níor tháinig aon fhreagra ar a ceist. Is amhlaidh a

thosaigh Máirtín ag útamáil ina phóca. Ansin tharraing sé amach a fhón póca agus thosaigh sé ag brú cnaipí.

'Céard sa diabhal?' a dúirt Caitríona léi féin. D'fhan sí cúpla soicind eile. Ansin chuir sí an cheist arís: 'Bhí mé ag fiafraí díot, a Mháirtín, faoin jab a dúirt tú a bhí agat....'

'Ó sea. Bhí mé ag obair ... bhí mé ag obair ar ... ar thionscnamh muireolaíochta. Ach an cead pleanála seo, tá mé ag súil nach mbeidh sé i bhfad go dtiocfaidh sé tríd.'

'Agus d'aint, an agatsa a d'fhág sí a raibh aici?'

'Is agam.'

'Cén t-ainm a bhí uirthi? Tá mé cinnte n-aithneodh Mam í. Níl aon duine nach n-aithníonn sise, fiú na daoine atá imithe as an oileán le fada.'

'Cuireann tú an-lear ceisteanna, a Chaitríona.'

'Is tusa a thosaigh é.'

D'éirigh Caitríona go tobann, rug sí ar a cuid bróga agus thosaigh sí ag siúl síos go dtí an fharraige. Bhí cuthach dhearg uirthi. A leithid de dhuine mí-mhúinte! Cé méid ceist a bhí curtha aici air nár fhreagair sé ar chor ar bith? Trí cinn? Ceithre cinn? Bhí sí leath bealaigh síos an trá nuair a labhair sé taobh thiar di.

'Céard tá mar sin ort, a Chaitríona? An bhfuil tú tarraingthe amach orm anois?' ar seisean.

Sula raibh seans aici é a fhreagairt chuala Caitríona teachtaireacht ag teacht isteach ar an bhfón. Bhreathnaigh sí ar an scáileán: *Bhfuil sibh imithe amu!*

Gan breathnú cam ar Mháirtín Thomáis, chuir Caitríona uirthi a cuid bróga. Rinne sí caol díreach ar an gcarrchlós agus suas léi ar a rothar. As go brách léi ansin ar ais go Baile an Locha, áit a raibh a cara Ruth ag fanacht léi go mífhoighneach.

Caibidil 10

Sa g*Cailín Gleoite* ar an mbealach ar ais as an Oileán Mór a bhí Caitríona agus Ruth. Bhí sé ina chlapsholas faoin am seo agus Caitríona agus Ruth ina suí leo féin taobh amuigh ar an deic. Nuair a bhuail siad isteach in Óstán an Chuain, tamall sular fhágadar an t-Oileán Mór, fuaireadar amach go raibh an bád farantóireachta imithe le leathuair an chloig ach go raibh cuid de mhuintir Oileán na Leice le fanacht san Oileán Mór thar oíche. 'Tuige nach bhfanfaidís don Chéilí Mór? Cén deabhadh a bhí orthu abhaile? Bheadh an chraic ann,' a dúradh leis na cailíní. Ar feadh cúpla nóiméad bhí Caitríona i gcás idir dhá chomhairle. Bhí an-chathú go deo uirthi. Níor theastaigh uaithi a bheith i mbád Mháirtín Thomáis, sin cinnte, agus ní raibh aon chóras taistil eile ann. Ach dá bhfanfadh sí san Oileán Mór thar oíche bheadh sí deireanach ag dul ag obair ar maidin. Agus anuas air sin chaithfeadh Ruth dul abhaile go hOileán na Leice léi féin sa g*Cailín Gleoite*. Ní bheadh sé sin ceart. Ach, arís ar ais, dá bhfanfadh Ruth san Oileán Mór bheadh míle murdar ann, gaolta ann nó as....

Agus iad ag tarraing amach as an gcuan, thar an mbád tarrthála a bhí ar ancaire ann, thar na púcáin agus na gleoiteoga a bhí a déanamh a mbealach le cóir go dtí cósta Chonamara, fuair Caitríona seans ar deireadh a inseacht do Ruth faoinar tharla idir í féin agus Máirtín.

'Bhí mé ag déanamh iontais céard a bhí tarlaithe,' arsa Ruth tar éis di éisteacht le Caitríona. 'Ní raibh mé ag iarraidh tada a rá cheana ... ach cheap mé i gcónaí go raibh gliceas eicínt ag baint leis an Máirtín céanna.'

'Agus mise ag ceapadh gur lad deas é! Cé nach raibh an oiread sin suime agam ann. Ach feictear dom anois nach bhfuil ann ach ... deargscraiste, atá in ann an dallamullóg a chur ar dhaoine. Cén chaoi raibh mé chomh dúr is nach raibh a fhios agam é sin?'

'Ach cén chaoi a mbeadh a fhios agat é, a Chaitríona? Tá sé cuid mhaith níos sine ná muid. Agus bhí sé críochnaithe sa meánscoil faoin am ar thosaigh muid.'

'Bhí, ceart go leor. Dúirt do chol ceathrar, Caomhán, liom an oíche cheana ... an oíche sin a raibh muid ag an tine chnámh, gur caitheadh Máirtín amach as an scoil anseo agus gur i meánscoil istigh i nGaillimh a rinne sé an Ardteist.'

'Ní raibh a fhios agam é sin. Ach, má dúirt Caomhán

é, tá sé fíor. Bheidís ina gcomhaoiseacha. Agus ní fear é Caomhán a bhíonn ag cumadh. Ar dhúirt sé céard go díreach a tharla?'

'Níor fhiafraigh mé de. Níor chuir mé an oiread sin suime ann … tá a fhios agat chomh géar agus atá siad sa scoil se'againne. B'fhéidir nach mórán a bhí déanta as bealach aige. Ach dúirt Caomhán freisin go raibh an-iontas air go mbeinnse ag caint beag ná mór le leithide Mháirtín.'

'Tá rud eicínt ann, mar sin. Tá droch-cháil air.'

'Tá. Nó bhí?'

'Dá dtabharfá aird ar Chaomhán….'

'Dá dtabharfainn! Cheap mé nach raibh ann ach go raibh súil aige féin orm!'

'Rud atá. Bíonn sé i gcónaí ag fiafraí fút.'

Ina dhiaidh sin, d'athraigh an comhrá ar fad nuair a thosaigh Ruth ag iarraidh comhairle Chaitríona. Is amhlaidh gur ofráil a haintín jab cúpla seachtaine di sa siopa i mBaile an Locha. Bhí Nóirín cláraithe ar chúrsa cónaithe Fraincise i mí Lúnasa, an t-am ba chruógaí den bhliain, agus b'fhearr lena haintín go mór fada an jab a thabhairt do Ruth, ná do strainséara eicínt. Theastaigh ó Ruth a fháil amach anois céard a dhéanfadh Caitríona dá mbeadh sí ina cás. An dtógfadh sí an jab?

'Ach céard mar gheall ar an jab atá agat ag baile, a Ruth, jab na scoláirí?'

'Ní bheidh mé ag teastáil uaithi i mí Lúnasa. Níl ann

ach cúrsa beag. Ní bheidh aici ach ochtar scoláirí in áit an cheithre dhuine dhéag.'

'Ach céard mar gheall ar Chonall?'

Níor fhreagair Ruth go ceann scaithimhín. Cé go raibh sí ag breathnú uaithi ar luaimh mhór a bhí ag dul le balla ag céibh an Oileáin Láir, ba léir nárbh uirthi seo a bhí a haire.

'Nach bhfuil a fhios agam ... ach, a Chaitríona, b'aoibhinn liom é. Ní thuigeann tusa i gceart ... mar go mbíonn cead do chinn agat. Ach thabharfainnse mo dhá shúil ar bheith in ann éalú ón mbaile, fiú ar feadh cúpla seachtain. Tá a fhios agat an chaoi a mbíonn Mam. Ní féidir liom corraí amach as an teach gan cead a fháil. Agus ansin bíonn scéal chailleach an uafáis aici faoin rud is fánaí ar bith a tharlaíonn.'

'Tá sí scanraithe go dtarlódh aon cheo duit mar gheall....'

Chríochnaigh Ruth a habairt di: '... mar gheall ar an rud a tharla do Chonall. Tá a fhios agam. Cé a chreidfeadh gur deirfiúracha iad Mam agus Aintín Síle!'

'Bhuel, tá an ghruaig rua sin ar an mbeirt acu,' a dúirt Caitríona. 'Tá a fhios againn cé as a bhfuair tusa í!' Agus tharraing sí mullach rua gruaige a cara go spraíúil.

'An ghruaig ... sin é a bhfuil de chosúlacht eatarthu. Baineann Síle deatach as na cailíní sa samhradh. Tá a fhios ag chuile dhuine go mbíonn siad maraithe ag obair. Ach ina dhiaidh sin tugann sí cead na gcos dóibh. Ní bhíonn mairg uirthi faoi Nóirín a bheith amuigh deireanach. Agus tá sise bliain níos óige ná mise. Tá sí ag dul in éineacht le lad as Baile na Manach le bliain ar a laghad agus cead aici é a thabhairt abhaile chuig an teach is chuile rud. An féidir leat mise a shamhlú...?'

Ní fios cén trua a bhí ag Caitríona do Ruth. Ina croí istigh níor chreid sí go raibh seans ar bith beo go ligfí Ruth go dtí an t-Oileán Mór ar feadh coicíse. Thuig sí — agus ní den chéad uair é — go raibh an t-ádh dearg uirthi féin. Cé nach dtéadh stop ar a hathair ach ag cur de faoi seo, siúd agus eile, ní raibh a tuismitheoirí géar uirthi i ndáiríre.

'Ar chuimhnigh tú,' a dúirt sí le Ruth, agus drogall uirthi aon rud a rá a chuirfeadh an iomarca lagmhisnigh ar a cara, 'iarraidh ar d'aintín glaoch ar do Mham faoin scéal? B'fhéidir go mbeadh seans eicínt agat ansin.'

'Is fíor duit! Tuige nár chuimhnigh mé féin air sin? Iarrfaidh mé ar Aintín Síle glaoch uirthi. Ní dhéarfaidh mé a dhath ag baile faoi go dtí sin.'

Nuair a d'fhág an bád foscadh an dá oileán eile bhí corraí sa bhfarraige. Scaitheamh beag ina dhiaidh sin bhraith na cailíní go raibh sé ag éirí fuar. Bhí goimh sa ngaoth agus í ag séideadh isteach orthu san áit a rabhadar ina suí. Bhogadar go dtí an taobh eile den bhád ach is beag difríocht a bhí ann. Cé go raibh a fhios acu go raibh suíocháin taobh istigh sa gcábán agus go raibh teas agus compord breá istigh ann, b'fhearr leis na cailíní fanacht san áit a raibh siad. Rachadh sise isteach, a dúirt Ruth le Caitríona, agus thabharfadh sí amach a gcuid seaicéad a bhí crochta taobh istigh acu.

Bhí an bheirt a chuaigh siar leo ar maidin, Breandán agus David fanta san Oileán Mór, ach taobh istigh sa gcábán in éineacht le Máirtín Thomáis bhí triúr fear ón mórthír a bhuail bleid air agus é ag réiteach le Baile na Manach a fhágáil. Chailleadar an bád farantóireachta go hOileán na Leice, má b'fhíor don triúr nach raibh aithne ar bith ag Máirtín orthu. An raibh seans ar bith go bhféadfaidís dul soir go hOileán na Leice sa gCailín Gleoite?

Agus í taobh istigh sa gcábán, bhí Ruth díreach ar tí beannú don cheathrar fear a bhí ina seasamh ag an roth stiúrtha ag comhrá agus iad ag breathnú rompu amach ar an bhfarraige. Ach ansin chuala sí ainm Chaitríona. Nuair a thuig sí go raibh na fir ag caint faoina cara stop Ruth agus chuir sí cluais uirthi féin. Ansin chuala sí duine acu ag fiafraí de Mháirtín fúithi féin, 'an ceannín rua.' Níor fhan Ruth leis an bhfreagra ach thosaigh sí ag cúlú go deas réidh. Gan bacadh leis na seaicéid, dhún sí doras an chábáin chomh ciúin ina diaidh is nár thug na fir faoi deara go raibh duine tar éis a bheith istigh ann.

'Ní fhéadfainn é a chreidiúint,' a dúirt Ruth le Caitríona i gcogar. 'An chaint gháirsiúil atá ag na fir sin. Níl a fhios agam cén sórt iad féin ar chor ar bith. Chuirfidís fonn múisc ort ag éisteacht leo. Tá siad chomh gránna, chomh gáirsiúil. D'airigh mé duine acu ag fiafraí de Mháirtín fúm féin ach níor fhan mé lena fhreagra. Is fada liom anois go mbeidh mé ag baile.'

'Tá beirt againn ann, más ea,' arsa Caitríona.

Níorbh fhada ina dhiaidh sin nó go raibh *An Cailín Gleoite* ag teannadh le céibh Oileán na Leice. Siúd amach ansin le beirt de na fir gur bhuaileadar bleid ar na cailíní. Cá mbeadh an chraic anocht? An mbeadh tithe tábhairne an oileáin oscailte deireanach? Arbh fhíor nach raibh aon ghardaí san oileán? Ní bhfuair siad de fhreagra ó na cailíní ach: 'Níl a fhios againne.' Ansin d'iompaigh Caitríona agus Ruth a ndroim leis na fir agus thosaigh siad ag sioscadh eatarthu féin.

Chomh luath in Éirinn agus a bhí an bád le balla, fuair Caitríona agus Ruth a gcuid seaicéad. Ansin bhí an bheirt acu amuigh as an mbád de dhá léim. Níor bhreathnaigh siad cam ar an gceathrar fear ach rinne a mbealach go sciobtha suas na céimeanna agus ansin caol díreach go dtí Bóthar na Céibhe.

'Ní thaitneoidís sin liom,' a dúirt Ruth agus déistin ina glór. 'Agus sin cinnte. Go bhfóire Dia ar na cailíní a chasfar orthu anocht.'

'B'fhéidir nach bhfuil aon dochar iontu,' arsa Caitríona. 'B'fhéidir nach bhfuil ann uilig ach caint.'

'D'fhéadfadh sé go bhfuil an ceart agat, ach caithfidh mé a rá go bhfuil mé buíoch go bhfuil Mam ag teacht anoir le síob abhaile a thabhairt dom. Ar a laghad níl i bhfad le siúl agatsa.'

Bhí siad ag an gcrosbhóthar faoin am ar tháinig máthair Ruth. Tar éis di slán a fhágáil ag a cara agus síob a dhiúltú óna máthair, choinnigh Caitríona uirthi abhaile. Bhí sí ag geata an tí aici féin nuair a ghlaoigh a fón. Bhí iontas uirthi ainm Shéamais a fheiceáil ar an scáileán.

'D'fhéadfá a bheith siúráilte,' a dúirt sí léi féin, 'go bhfuil a fhios aige anois cár chaith mé an lá. Agus cé a bhí in éineacht liom.'

Ach ansin rith sé le Caitríona gur dóigh gur i dtaobh an jab a bhí Séamas ag glaoch uirthi. B'fhéidir go raibh an Boss ag tabhairt lá saor dóibh!

'Breathnaigh, céard tá tú a dhéanamh faoi láthair?' a dúirt Séamas.

'Anois?'

'Sea. Tá mé páirceáilte taobh amuigh den óstán. An dtiocfaidh tú anuas?'

'Tiocfaidh. Bhí mé díreach ag dul isteach an doras. Beidh nóiméad uaim le mo chuid éadaí a athrú.'

Bhí athair Chaitríona ag teacht isteach an gheata ina coinne agus í ag dul amach arís.

'Cén chaoi a raibh na rásaí?' a deir sé.

'Thar cionn.'

'Shílfeá go bhfuil sé sórt deireanach a bheith ag dul amach.'

'Ní bheidh mé i bhfad.'

'Síos ag Bríd atá tú ag dul?'

'Ní hea.'

'Má tá sé ag súil go ndéarfadh mé cá'il mé ag dul, m'anam féin go mbeadh fanacht air!' a dúirt Caitríona ina hintinn féin.

'Lad stuama é an Máirtín sin,' a dúirt Peadar nuair nach raibh sé ag fáil aon eolais óna iníon. 'Caithfidh mé a rá go bhfuil cuma na maitheasa ann. Ach ní ón ngaoth ná ón ngrian a thug sé é. Sin é an mianach a bhí riamh ina mhuintir. Agus d'airigh mé an lá cheana go bhfuil suíomh ceannaithe aige agus é istigh ar chead pleanála. An bhfuil a fhios agat anois céard é féin, a Chaitríona, ach dá gcoinneofá an chois ag an lad sin ní bheadh easpa punt ort go deo. D'fhéadfá rud níos measa a dhéanamh!'

'Beidh mé ag baile faoi leathuair tar éis a haon déag,' a dúirt Caitríona lena hathair agus amach an geata léi de sciotán. Dá bhfanfadh sí níos faide bheadh a cleamhnas déanta aige! Le Máirtín Thomáis! Dia idir sinn agus an anachain!

'Tá mé sásta gur tháinig tú,' a dúirt Séamas nuair a shuigh Caitríona isteach sa gcarr. 'Ní raibh a fhios agam ó thalamh an domhain céard a bhí ort le deireanas! Bhí a fhios agam go raibh tú do mo sheachaint … ach ní raibh tuairim agam tuige. Nó tuige ar athraigh tú d'intinn go tobann faoin gcóisir i nGaillimh. Agus níor thug tú aon seans dom … aon uair a bhfaca mé thú, bhí rud eicínt práinneach le déanamh agat. Ach ansin inniu bhí mé ag caint le hIain faoi. Theastaigh uaim a fháil amach céard a cheap seisean a bhí ag tarlú. Agus dúirt sé go bhfuil tú siúráilte go bhfuil cailín agam thall i gCeanada!'

Nuair a bhí an méid seo ráite ag Séamas stop sé agus bhreathnaigh sé ar Chaitríona. Thuig sí go raibh sí ceaptha rud eicínt a rá, ach ní thiocfadh tada as a béal. Tar éis cúpla soicind ciúnais, choinnigh Séamas air.

'Caithfidh mé inseacht duit i dtaobh Emma, a Chaitríona. Níl aon cheo eadrainn, ná ní raibh riamh. An comrádaí ab fhearr a bhí agam thall, Alex Fox atá air ... bhuel, is í Emma a dheirfiúr.'

Bhí Caitríona ag éisteacht agus Séamas ag déanamh cur síos ar an gcaoi ar casadh é féin agus Alex Fox ar a chéile an céad lá riamh agus an bheirt ag clárú do chúrsa tumadóireachta na dtosaitheoirí. D'inis sé di faoin gcraic a bhíodh ag an mbeirt acu agus faoin bhfáilte a chuirtí roimhe féin tigh Fox nuair a théadh sé ar cuairt ag Alex. Ach ansin mhínigh sé faoin tinneas a bhuail Alex gan aon choinne, cúpla lá sular fhág sé féin Ceanada le theacht abhaile.

'Bhí sé uafásach tinn agus mé ag fágáil. Bhí sé i mbéal an bháis i ndáiríre. Ach ní raibh na dochtúirí in ann a dhéanamh amach céard a bhí air. B'fhuath liom imeacht, ach gheall Emma go gcoinneodh sí ar an eolas mé. An lá sin, ar fhreagair tusa an fón, bhí sí ag glaoch le rá go raibh sé oibrithe amach acu ar deireadh gur Borralóis Lyme an galar atá air.'

'An bhfuil leigheas ar sin?'

'Tá.'

'Ach níl sé tógálach?'

'Ní cheapfainn é ... níl a fhios agam an oiread sin ina thaobh, i ndáiríre. Ach tá biseach ag teacht air ó thosaigh siad ag tabhairt na ndrugaí cearta dó. Buíochas mór le Dia. Bhí an oiread imní orm.'

Ní fios cé chomh náirithe is a bhí Caitríona anois. Is ag déanamh imní faoina chomrádaí a bhí Séamas i gcaitheamh an achair agus sise ag samhlú go raibh rud eicínt eile ar fad ag tarlú.

'Níl a fhios agam ... níl a fhios agam céard a dhéarfas mé, a Shéamais,' a dúirt sí go stadach. 'Ní raibh ... ní raibh aon tuairim agam....'

Níor lig sé di críochnú. 'Mé féin ba mheasa nár inis duit. Dá n-inseoinn duit ó thús faoi Alex agus Emma ach ... tá a fhios agat an chaoi a bhíonn duine scaití. Dá mhéid imní a bhíonn ort 'sea is deacra labhairt faoin rud. Ach breathnaigh ... bhí mé ag ceapadh go ngabhfadh muid síos chomh fada leis an trá.'

Tharraing siad isteach sa spás páirceála a bhí ag barr na trá. Seo áit a bhí curtha ar fáil do lucht na mionbhusanna a thugadh na turasóirí lae siar go dtí an dún a bhí ar an taobh eile den oileán. Ach bhí an áit tréigthe anois, na turasóirí bailithe leo agus gan deoraí le feiceáil thíos ar an trá. Na cuairteoirí a bhí fanta ar lóistín thar oíche, bhí siad anois istigh go teolaí sna tithe, nó ag baint sásamh as an gceol sna tithe tábhairne. Agus maidir le muintir an oileáin féin ní faisean é a bhí acu riamh a bheith ag spaisteoireacht cois cladaigh deireanach tráthnóna.

'An dtabharfaidh muid geábh síos an trá?' a d'fhiafraigh Séamas de Chaitríona agus é ag baint de a chrios. 'Nó an bhfuil sé rófhuar duit?'

Cé gur lá breá samhraidh a bhí díreach caite, ní raibh sé chomh deas sin anois agus ní bheadh aon fhoscadh ón ngaoth thíos ar an trá.

'Thug mé mo sheaicéad liom.'

'Bheadh ciall i do leithid.'

Agus an bheirt ag siúl ar an ngaineamh bog, ní raibh le cloisteáil ach torann na gclocha beaga a bhí ag bualadh in aghaidh a chéile i mbéal an taoille agus scréachaíl na bhfaoileán agus iad ag eitilt thart i bhfáinne os cionn an bháidín a bhí ag réiteach le dul ar ancaire. Nuair a rug Séamas ar láimh ar Chaitríona léim a croí. Cheap sí go raibh sí i bhflaithis Dé agus iad ag caint faoi seo agus siúd ... an chóisir i nGaillimh, Iain a bheith ag teacht ar ais lá ar bith anois, an chaoi ar éirigh chomh maith le rámhaithe an oileáin sna rásaí curach. Is ansin a tharraing Séamas Máirtín Thomáis anuas.

'Cloisim go bhfuil comórtas agam,' a dúirt sé.

'Céard atá i gceist agat?' arsa Caitríona agus stop sí ag siúl.

'D'airigh mé go raibh tú ag na rásaí inniu in éineacht le Máirtín Thomáis. Cén bealach a chuaigh libh?'

'Bhí sé ceart go leor.'

'An raibh baint ag glaoch Emma le gur shocraigh tú dhul in éineacht leis?'

'Bhí. '

'Bhuel, níl aon dochar déanta mar sin. Chomh fada is nach bhfuil rún agat é a fheiceáil arís.'

Níor fhreagair Caitríona é láithreach.

'Bhuel?' Bhí imní le tabhairt faoi deara aici ina ghlór.

'Ó, ní bheidh mé á fheiceáil arís. Tá muid tithe amach le chéile. Ar rud a dúirt sé inniu a bhí mé ag cuimhneamh. Ba mhaith liom a fháil amach céard a cheapfása den scéal seo a bhí aige.'

Bhí an-suim ag Caitríona tuairim Shéamais a fháil i dtaobh a raibh le rá ag Máirtín. Thosaigh siad ag siúl arís go mall righin agus Séamas anois ag éisteacht le Caitríona. Nuair a stop sí rinne sé staidéar ar feadh scaithimhín.

'An jab seo a bhí aige agus é fós sa gcoláiste,' a dúirt sé ansin agus ba léir go raibh sé ag déanamh scigmhagaidh den scéal áirithe seo ar aon chaoi. 'Ní chreidim gur jab an-iontach a bhí ann. Ní íoctar pá ceart le mic léinn riamh. Nach saor in aisce a bhíonn siad ag obair go hiondúil!'

'Ach tuige a gcumfadh sé rud mar sin?'

Chuaigh Séamas i lagracha gáire.

'M'anam go mbeadh iontas ort,' a dúirt sé, 'na rudaí a chumann lads agus iad ag iarraidh cailíní a mhealladh!'

'Agus seanchleachtadh agat féin ar an gceird, is

dóigh,' arsa Caitríona agus í ag baint as.

'Tá corrscéal cumtha agam le mo linn, ceart go leor! Ach níl mé leath chomh dona, nó chomh maith ba chóra a rá, leis an gcuid eile acu!'

'Ach tá tú ag rá, ar aon chaoi, gur ag cumadh domsa a bhí Máirtín Thomáis?'

'Déarfainn gurb ea. Bheinn beagnach cinnte de.'

'Agus an scéal faoin aint?'

'Bhuel, tarlaíonn a leithide sin minic go leor. Ach cheapfá go mbeadh an scéal ar fud an oileáin faoin am seo. Cén t-ainm a dúirt sé a bhí uirthi?'

'Ach níor dhúirt sé. Sin é an rud is aistí faoi. Nuair a dúirt mise go bhféadfadh go mbeadh aithne ag mo mháthair ar an aint seo tharraing sé anuas rud eicínt eile ar fad.'

'Tá sé sin aisteach, ceart go leor. Bheinnse ag ceapadh, a Chaitríona, ón méid atá ráite agat, gur chum sé an scéal faoin aint chomh maith.'

'Ach tá airgead aige?'

'Sin cinnte. Ach ní bheadh a fhios agat cén chaoi a bhfuair sé é. Nach bhféadfadh sé gur ag smuigleáil drugaí a bhíonn sé?'

'Ag magadh atá tú?'

'Ní bheadh a fhios agat.'

'A Shéamais, an bhfuil rud eicínt cloiste agatsa faoi Mháirtín Thomáis?' a deir Caitríona agus í in amhras anois go raibh eolas faoin bhfear óg ag Séamas nach raibh aici féin. 'An raibh drochcháil air nuair a bhí sé níos óige?'

'Nuair a bhí sé níos óige? Níor airigh mé go raibh. Ach tá aithne mhaith agam ar lads a bhí ag déanamh an chúrsa céanna leis istigh i nGaillimh agus dúirt siad sin gur bulaí ceart a bhí ann. Níor thaitin sé beag ná mór leo.'

Níor labhair ceachtar acu ar feadh tamaillín. Ba ghearr go raibh ceann thoir na trá bainte amach acu.

'B'fhearr dúinn casadh,' a dúirt Caitríona le Séamus ansin.

'An gcaithfidh tú dhul abhaile? Chomh luath seo?'

'Gheall mé nach mbeinn deireanach.'

'Ceart go leor. Ach ... an gcasfaidh tú liom arís san oíche amárach?'

'Casfaidh. Ach is dóigh go bhfeicfidh muid a chéile i rith an lae ar aon chaoi.'

'Chuile sheans go bhfeicfidh.'

Caibidil 12

Níorbh é an Luan an lá ba chruógaí sa tseachtain in oifig Thumadh Teoranta. Ba ar bhád na maidine, a thaistilíodh formhór na 'scoláirí' chuig an oileán. Bhíodh deis acu socrú síos sna tithe lóistín agus lón a ithe ar dtús. Tar éis an lóin bhíodh fáiltiú, clárú agus chur in aithne ann. Ina ndiaidh sin ghlacaidís páirt in imeacht faoi stiúir shaineolaí ar leith, siúlóid dúlra nó léacht faoi stair an oileáin. Is sa tráthnóna ansin a bhíodh a gcéad sheisiún tumadóireachta acu. D'fhág an clár ama seo go raibh roinnt ama saor ag Séamas agus ag Mark chuile Luan agus nach mbíodh mórán brú ar Chaitríona ach an oiread tar éis di na scoláirí nua a chlárú.

An Luan áirithe seo chuir Liam de Bhál in iúl dá fhoireann oibre go mbeadh sé féin as láthair an chuid eile den lá. Bhí gnó práinneach le déanamh aige istigh ar an mórthír, a dúirt sé leo.

'Cé go bhfuil an t-eolas ar fad faoin gcúrsa faighte ag an dream atá ag teacht isteach,' ar seisean le Séamas agus Mark. 'Ba mhaith liom dá mbeadh sibhse ar an gcé sa jíp nuair a thiocfaidh an bád. Tá clár an lae acu cheana féin. Ach b'fhéidir go mbeadh ceist éigin eile acu. Beidh tusa, a Shéamais, le cabhair ó Mhark, ábalta an fáiltiú agus an cur in aithne a láimhseáil nuair a thiocfaidh siad anseo go dtí an oifig. Taispeáin an físeán sábháilteachta dóibh. Toisc nach mbeidh mé féin anseo, cuirfimid an seisiún tumadóireachta ar ceal ach abair leo go ndéanfaidh muid suas an t-am sin lá éigin eile. Beidh Seán Ó Conghaile anseo ag ceathrú chun a trí agus rachaidh siad ar an tsiúlóid dúlra leis. Is féidir libhse críochnú ag an am sin agus an oifig a dhúnadh. Tá am saor tuillte agaibh.'

Nuair a bhí sé ag an doras d'iompaigh Liam de Bhál timpeall agus labhair sé le Caitríona.

'D'fhág mé eochair an tseomra ranga ansin sa tarraiceán. Beidh sí uait ar ball.'

Chomh luath agus a bhí an doras dúnta ina dhiaidh ag an mBoss bhí Mark ina sheasamh.

'Bhuel, níl a fhios agam fúibhse,' a dúirt sé agus é ag baint searradh as féin, 'ach tabharfaidh mise an leaba orm féin ar feadh uair an chloig anois. An dtiocfaidh tú chuig an teach lóistín ar do bhealach chuig an gcéibh, a Shéamais, más é do thoil é. Buail ar an doras mura bhfuil aon tuairisc orm. Tá mé maraithe tuirseach.'

Bhí Mark ag baint an-sásamh as saol sóisialta an

oileáin, as an gceol agus an chraic a bhíodh sna tithe tábhairne anois chuile oíche den tseachtain, mórán.

'Níl a fhios agam beo cén chaoi a bhféadann tú éirí ar maidin agus gan faighte agat ach cúpla uair an chloig codlata,' arsa Séamas le Mark.

'Dheara, ní bheidh tú óg ach uair amháin, a Shéamais,' a dúirt Mark. Chaoch sé an tsúil ar Shéamas agus é ag déanamh ar an doras. 'Tá tusa i bhfad róchiallmhar. Agus Caitríona anseo, tá sí chomh dona céanna leat.'

Chomh luath agus a bhí Mark imithe amach an doras fuair Caitríona an eochair.

'Buíochas mór le Dia,' ar sise agus í á sá i bpoll na heochrach.

'Ar deireadh thiar thall,' a dúirt Séamas agus chuir sé an glas ar dhoras na hoifige.

'Is dóigh go bhfuil an rud atá muid ag déanamh anois i gcoinne an dlí,' dúirt Caitríona.

'Ach ní stopfaidh sé sin muid,' arsa Séamas.

Dar ndóigh, níorbh é seo an chéad uair ag an mbeirt acu istigh sa seomra ranga. Ach ní rabhadar ann riamh cheana gan an Boss a bheith i láthair. Thíos ag bun an tseomra bhí caibinéad comhad ar thug Caitríona caidéis dó an chéad uair riamh ar tháinig sí isteach sa seomra. Rinne sí caol díreach air seo anois.

'Ba cheart dúinn na dallóga a oscailt, a Chaitríona, sin nó an solas a chur ann,' a deir Séamas. 'Tá sé chomh dorcha istigh anseo is nach féidir a dhath a dhéanamh amach.'

'Ach níor cheart dúinn a bheith ag tarraing airde orainn féin....'

'Nach bhfuil sé féin imithe ar an mbád faoin am seo,' arsa Séamas agus chuir sé ann an solas. 'Agus tá an doras dúnta againn.'

Cé nach bhféadfadh sí a rá go raibh aon iontas uirthi, mar sin féin thosaigh Caitríona ag eascaine nuair a thuig sí go raibh an glas ar an gcaibinéad miotail. Ach ansin bhí Séamas ina sheasamh lena taobh agus fáiscín páipéir ina láimh aige.

'Fág fúmsa é,' ar seisean.

Ní fhéadfadh Caitríona gan tosaí ag gáire.

'Cén sórt scoile í sin a raibh tú ann i gCeanada?' a d'fhiafraigh sí de.

'An gcreidfeá anois gur anseo in Oileán na Leice a d'fhoghlaim mé an cheird seo,' a dúirt Séamas a raibh an caibinéad oscailte aige cheana féin.

Sa gcéad chomhad a thóg Caitríona amach bhí leabhráin agus bileoga eolais éagsúla a bhain le hOileán na Leice chomh maith le Léarscáileanna Suirbhéireachta de Chuan na Gaillimhe. Bhí sonraisc, cóipeanna de bhillí agus admhálacha déanta amach do Thumadh Teoranta sa dara comhad. Ach ansin tháinig sí ar fillteán gorm a raibh 'Taighde Grinnill Teoranta' scríofa air. Cá raibh an t-ainm sin cloiste aici cheana? Bhí an fillteán oscailte aici faoin am ar tháinig sé isteach ina ceann ... an tuairisc a bhí léite aici i *Nuacht an Chuain*!

'Breathnaigh céard atá anseo,' ar sise go ríméadach le Séamas a bhí seasta ar leataobh anois agus é ag déanamh staidéir ar cheann de na mapaí. 'Comhad a bhaineann le Taighde Grinnill Teo. An comhlacht a fuair cearta raice ar an *Philip Goodby*!'

Shuigh Caitríona agus Séamas ar an urlár agus thosaigh siad ag breathnú tríd an bhfillteán. Fotachóipeanna de litreacha ba mhó a bhí ann agus ó cheann litreach fuaireadar amach gur in Inis Díomáin, i gContae an Chláir a bhí Taighde Grinnill Teo., lonnaithe. Chonaic siad freisin gurb é síniú 'Bill Wall' a bhí ar fhormhór na litreacha agus 'leas-bhainisteoir' idir lúibíní i ndiaidh a ainm. Chomh maith leis na litreacha, bhí cóipeanna de theachtaireachtaí ríomhphoist sa bhfillteán agus cártaí gnó in ainm 'Bill Wall'.

'An leagan Béarla dhá ainm!' arsa Caitríona. 'Rinne mé cuardach ceart go leor ar Liam Wall. Ach níor rith sé liom gurb ionann Liam agus Bill.'

'Is é a bhí ar an nuaíocht mar sin an tseachtain seo caite,' a dúirt Séamas.

Thosaigh an bheirt ag léamh na litreacha agus an ríomhphoist. Taobh istigh de dheich nóiméad bhí a fhios ag Caitríona agus ag Séamas tuige a raibh Liam de Bhál, nó Bill Wall, leas-bhainisteoir Thaighde Grinneall Teo., in chónaí in Oileán na Leice. Ba léir do Thaighde

Grinneall Teo., go gcaithfidís a bheith ar a n-airdeall chomh luath agus a rachadh an scéal amach go raibh taisce luachmhar ar bord an *Philip Goodby*. Thuigeadar an tsuim a bheadh ag coirpigh ar fud an domhain sa taisce seo. Nó go mbeadh an comhlacht féin réidh le dul i mbun oibre, chaithfí súil ghéar a choinneáil ar imeachtaí amuigh sa gcuan agus ar na hoileáin ba ghaire don láthair.

'Is sórt leithscéal atá sa ngnó tumadóireachta, mar sin. Leithscéal do Liam de Bhál a bheith ag cur faoi anseo in Oileán na Leice,' a dúirt Caitríona.

'Tá an ceart agat. Ach chomh maith leis sin féadfaidh sé a bheith amuigh ar an bhfarraige am ar bith, gan aon duine ag cur aon suime ann.'

'Ach, mar sin féin, níor éirigh leis an ghadaíocht a stopadh,' arsa Caitríona.

'Caithfidh go raibh siad an-ghlic,' a deir Séamas. 'Cibé cé hiad fhéin.'

De réir mar a bhí siad ag léamh, fuair siad amach go raibh dul chun cinn áirithe déanta le deireanas ag Liam de Bhál. Bhí a fhios aige anois go raibh dhá grúpa idirnáisiúnta coirpeach ag obair as láimh a chéile. Ach bhí bearnaí ina chuid eolais mar sin féin agus tuilleadh fianaise le bailiú aige. Fuair Séamas agus Caitríona amach freisin faoin amhras a bhí ar Liam de Bhál go raibh cúnamh á fháil ag na coirpigh ó dhuine sa gceantar. Duine le heolas na háite agus le seanchleachtadh ar na farraigí agus ar na sundaí thart ar Oileán na Leice. Ach cé go raibh míonna fada caite san oileán ag Liam de Bhál, bhí sé ag dul rite leis an cor áitiúil seo sa scéal a oibriú amach.

'Duine ón gceantar. Duine a bhfuil seanchleachtadh aige ar na farraigí agus ar na sundaí,' arsa Caitríona go smaointeach. 'Duine a bhfuil bád aige is dóigh....'

D'éirigh sí den urlár de léim.

'Tá a fhios agamsa cé atá ag tabhairt cúnaimh dóibh, a Shéamais!' a dúirt sí. 'Máirtín Thomáis! Sin é an chaoi a bhfuair sé an t-airgead. Tá sé istigh le cibé cén dream iad seo ... na coirpigh seo....'

'Meastú?'

'Tionscnamh muireolaíochta'. Sin é a thug sé air. Agus an scéal seo faoin uacht ... bhí Mam ag rá aréir nach bhfuil aige ach an t-aon aint amháin. Agus tá sí sin fós beo beathach thall i Sasana.'

'Mura bhfuil an ceart agat, a Chaitríona....'

'Tá a fhios agam go bhfuil an ceart agam.'

'Ach, má tá, céard a dhéanfas muid?'

'Níl a fhios agam.'

'Is dóigh go gcaithfidh muid labhairt leis an mBoss nuair a thiocfaidh sé ar ais amárach.'

'Beidh muid caite amach as an jab, sin é an chaoi a bheas muid ... faoi bheith ag léamh rudaí príobháideacha....'

'Ní móide go mbeidh.'

'Ach ní dhéanfaidh muid aon rud inniu, ar aon chaoi.

Agus ní dhéarfaidh muid a dhath le haon duine go fóill.'

'Ní dhéarfaidh.'

Ba ghearr go raibh sé in am na comhaid a chur ar ais mar a bhí siad sa gcaibinéad. Nuair a bhí an méid seo déanta acu d'imigh Séamas sa jíp siar chuig an gcéibh. Nuair a tháinig sé ar ais ceathrú uaire ina dhiaidh agus Mark in éineacht leis, réitigh an triúr na cathaoireacha agus an fearais teicneolaíochta sa seomra ranga. An fhaid is a bhí siad á dhéanamh seo thosaigh Mark ag iarraidh a chur ina luí ar Shéamas gur cheart dó Caitríona a thabhairt amach sa RIB nuair a chríochnódh siad ag a trí.

'Níl sé ceart,' a dúirt sé, 'an chaoi a mbíonn sí coinnithe istigh anseo cúig lá na seachtaine. Níl a fhios agam cén chaoi a gcuireann tú suas leis, a Chaitríona. Agus an samhradh chomh breá....'

'Ach má fhaigheann an Boss amach?' arsa Caitríona.

'Ach ní bheidh a fhios aige aon rud faoi. Má chloiseann sé ó dhuine eicínt go raibh an RIB amuigh, déarfaidh mise agus Séamas go ndeachaigh an bheirt againn féin amach leis an raidió a thástáil.'

'Gabhfaidh muid sa seans air,' a dúirt Séamas. 'Céard déarfá, a Chaitríona?'

'Má tá tusa sásta....'

'Maróidh Iain mé,' a dúirt Séamas, 'má théim dá uireasa. Tá sé ag impí orm le seachtain é a thabhairt amach.'

'Agus tabhair,' a deir Mark. 'Tá neart áite inti.'

'Más ea,' a dúirt Caitríona. 'Cuirfidh mise glaoch ar na cailíní chomh maith.'

Ní raibh puth gaoithe ann, ag leathuair tar éis a trí, agus an RIB ag fágáil Chéibh an Chlochair. Bhí sceitimíní ar Chaitríona, arbh aoibhinn léi a bheith amuigh ar an bhfarraige. Ach níorbh é an scéal céanna é ag na cailíní eile, nach raibh i mbád chomh beag sin riamh cheana. Bhí Ruth 'cineál faiteach' d'admhaigh sí, ach bhí Bríd scanraithe glan as a craiceann.

'An gcaithfidh tú dhul chomh sciobtha sin, a Shéamais?' a dúirt Bríd agus gan iad i bhfad amach ar chor ar bith.

'Níl mé ach ag déanamh fiche míle san uair,' a deir Séamas.

'Tú féin is do fiche míle! Níos gaire do chéad míle, déarfainn,' arsa Ruth.

'Cén sórt siúl atá sí seo in ann a dhéanamh?' a d'fhiafraigh Iain de Shéamas.

'Dhéanfadh sí caoga míle san uair. Ach níl tú ceaptha é sin a dhéanamh i dtosach, nuair atá an t-inneall nua.'

Faoin am seo bhí greim an fhir bháite ag Bríd ar an hanla lena taobh.

'Tá faitíos mo chroí orm go dtitfidh mé amach,' a dúirt sí. 'Níl cleachtadh agamsa ar dinghys. Tá sé aisteach a bheith suite ar an taobh mar seo agus an fharraige chomh gar duit!'

'Ach dá dtitfeá amach féin,' a dúirt Iain. 'Cén dochar? Nach bhfuil seaicéad tarrthála ort?'

Nuair a chaith Séamas leathshúil ar Bhríd thug sé faoi deara go raibh dath an bhalla uirthi. Is ansin a thuig sé cé chomh scanraithe agus a bhí sí i ndáiríre. D'iarr sé ar Iain éirí as an spochadh.

'An raibh a fhios agat, a Bhríd,' dúirt Séamas go cineálta ansin. 'Nach bhféadfá a bheith i mbád níos sábháilte ná í seo? Níl aon bhád sa domhan atá chomh sábháilte le RIB.'

Ach, mar sin féin, thosaigh sé ag moilliú. Siar a thug siad a n-aghaidh ar dtús. Ba ghearr go raibh siad ag imeacht comhthreomhar leis an trá, áit a raibh scoláirí an choláiste ag snámh agus ag pleidhcíocht san uisce. Thar ghlór an innill agus iad ag treabhadh na dtonn, d'fhéadfaidís an liúireach agus an gháire a chloisteáil ón trá. Nuair a d'fhág siad foscadh an oileáin le casadh ó dheas, ní raibh sé chomh deas céanna. Bhí lonnadh sa bhfarraige anois, agus an fharraige cháite ag dul in aer. Ba ghearr go raibh siad uilig fliuch báite. Ní mó ná sásta a bhí na cailíní go háirithe nuair a bhí a gcuid gruaige fliuch ach dúirt Séamas leo go mbeadh sé togha nuair a bheidís ar an bhfoscadh ar an taobh ó dheas den oileán.

'Nach iontach an saol é seo!' a deir Iain. 'Faraor nach féidir linn dhul amach chuile lá!'

D'aontaigh Caitríona leis. Bhí sí i bhflaithis Dé amuigh ar an bhfarraige.

'Nach aoibhinn Dia duit agus an jab atá agat. Ar mhaith leat malartú liomsa?' ar sise le Séamas.

'Níl bealach ar bith! Mhairfinn ar an bhfarraige ach d'imeoinn as mo mheabhair dá mbeinn coinnithe istigh in oifig.'

Ag dul timpeall an oileáin dóibh bhí siad ag faire amach le haghaidh foirgnimh a d'aithin siad istigh ar an talamh. Ar dtús ní raibh aon duine acu in ann a gcuid tithe féin a dhéanamh amach, cé go raibh seanstáisiún an gharda cósta, an séipéal agus an mheánscoil le feiceáil go héasca. Ach ansin lig Ruth scairt aisti.

'Feicim an teach se' againne,' ar sise agus í ag síneadh a méire i dtreo an oileáin. 'Thall ansin! Tá sé aisteach a bheith ag breathnú isteach air ón bhfarraige. Ní bhreathnaíonn sé mar a chéile....'

Agus bhí sé ann, san áit a dúirt sí. Teach buí dhá stóir ar Bhaile an tSagairt. Tamall ina dhiaidh sin bhí Baile an Dúna le feiceáil acu agus an dún féin suite go maorga ar bharr na haille. Cúpla nóiméad ina dhiaidh sin arís, chas Séamas an bád agus d'athraigh sé a chúrsa go tobann.

'Rachadh muid amach go hOileán Bhríde,' a dúirt sé. 'Tá an taoille íseal faoi láthair agus beidh muid in ann dhul i dtír ar an trá ann. Ní thógfaidh sé ach fiche nóiméad, nó mar sin.'

Caibidil 13

Ceathrú uaire níos deireanaí bhí siad ag teannadh le hOileán Bhríde.

'Breathnaigh ar na hailltreacha,' a dúirt Bríd agus alltacht uirthi, 'cén chaoi a bhfuil muid ceaptha dhul i dtír ar an oileán seo?' Bhí na hailltreacha a chonaic siad ar a n-aghaidh amach na céadta troigh ar airde, a n-éadan clúdaithe le halga glas agus éanacha mara ag scréachaíl agus ag achrann le chéile os a gcionn.

'Beidh muid ag dul timpeall an oileáin, go dtí an taobh ó dheas,' a dúirt Séamas. 'Is ann atá an trá.'

Níorbh fhada ina dhiaidh sin go raibh an cúigear ag teacht de léim amach as an RIB, ar thrá bheag bhídeach Oileán Bhríde. Bhain siad díobh na seaicéid tarrthála agus leag siad isteach sa mbád iad. Ansin chaith siad fúthu ar an ngaineamh mín. Bhí sé ina theas ansin ar an trá agus foscadh á fháil acu ó na duirlingí móra stoirme a bhí ar chaon taobh díobh.

'Nach aisteach go mbíonn sé níos fuaire ar an bhfarraige,' arsa Iain agus é ag baint de a gheansaí.

'Bíonn sé i gcónaí níos fuaire,' a dúirt Séamas. 'Sin é an fáth a raibh mé ag rá libh éadaí troma a chur oraibh.'

Bhain na cailíní díobh a gcuid bróga agus shín siad amach ar an ngaineamh ag sú na gréine. Níorbh fhada go raibh siad te tirim arís.

'Beidh mo ghruaig millte ag an sáile,' a dúirt Ruth, agus í an-bhródúil as a folt fada rua.

'Ní féidir tada a dhéanamh faoi nó go rachaidh muid ar ais abhaile,' a dúirt Séamas léi. 'Tá tobar fíoruisce anseo ach tá sé píosa maith as láthair.'

'Níl deoraí san oileán ach muid féin,' arsa Bríd. 'Níl deoraí ar muir ná ar tír.'

'Chuile sheans nach bhfuil deoraí ar an oileán,' a dúirt Séamas, a bhí anois ag breathnú amach ar an bhfarraige tríd na gloineacha. 'Ach feicim bád amuigh ansin. Tá mé ag ceapadh go bhfuil sí fanta ar ancaire ann.'

'Sín chugam na gloineacha soicind, a Shéamais,' arsa Iain agus d'éirigh sé ina sheasamh.

'Luaimh atá inti,' a dúirt Iain tar éis scaithimh. 'Ceann mór.' Thug sé na gloineacha ar ais do Shéamas.

'An bhfuil sí i bhfad uainn meastú?'

'Cúig nó sé de mhílte déarfainn.'

'D'fhéadfadh muid dhul amach chomh fada léi,' a deir Iain.

'Suigh síos, a Iain, as ucht Dé ort,' a dúirt Séamas. 'Tá muid ag fanacht anseo ar an oileán scaithimhín eile agus ansin tá muid ag dul abhaile. Níl a fhios agam tuige a bhfuil tusa chomh giongach inniu.'

Ach ní raibh aon suim ag Iain a bheith ag déanamh bolg le gréin. Nóiméad ina dhiaidh sin bhí sé ina sheasamh arís agus é ag baint searraidh as féin.

'An bhfuil fonn siúil ar aon duine agaibh?' a dúirt sé leo ansin. 'Ó tharla muid a bheith anseo, tá suim agamsa sa raic, an *Catherine Jane*. Agus tá teampall beag anseo … Teampall Bhríde. Tá sé marcáilte ar an mapa a chonaic muid an lá cheana.'

Thosaigh Séamas ag baint as Iain ansin: 'Inis an fhírinne anois, a Iain! Ag dul ag tóraíocht taisce atá tú!' a dúirt sé. 'Ach má fhaigheann tú an taisce seo tuigeann tú go caithfidh tú é a roinnt linne! Go háirithe liomsa, a thug anseo thú!'

Bhí Ruth ag cur uirthi a cuid bróg anois. Rachadh sí in éineacht le hIain, a dúirt sí agus thosaigh sí ag croitheadh gainimh as a cuid éadaí.

'Gabh i leith uait, mar sin,' a deir Iain agus shín sé a lámh chuig Ruth len í a tharraingt ina seasamh.

Thosaigh an bheirt ag siúl suas an trá.

'Ná téigí rófhada anois, nó béarfaidh an taoille orainn,' a dúirt Séamas sular imigh siad as amharc.

'Ní rachaidh muid níos faide ná an seansoitheach,' a deir Iain.

'Tá mise ag déanamh amach go dtaitníonn Iain le Ruth,' a dúirt Bríd nuair a bhí an bheirt eile bailithe leo.

D'aontaigh Caitríona le Bríd.

'Agus tomhais, a Bhríd,' a dúirt sí. 'Agus níl agat ach aon tomhais amháin, céard é an chéad rud a dúirt Ruth nuair a d'inis mé di go raibh muid le dhul amach sa dinghy.'

'An mbeidh Iain ann?'

Lig Caitríona scairt aisti.

'Go díreach! Ach nuair a thosaigh mé ag spochadh aisti dúirt sí nach raibh aon suim aici in Iain.'

'Cheap mé nach gceilfeadh sí aon cheo ortsa. Tá sibh chomh mór le chéile.'

'Faitíos a bhí uirthi go ndéarfainn tada le hIain!'

'Tá cailín aige istigh i nGaillimh, nach bhfuil?'

Ach ba é Séamas, a bhí luite ansin agus a shúile dúnta aige, a d'fhreagair an cheist seo.

'Níl aon cailín aige, a Bhríd,' a dúirt sé. 'Faoi láthair, ar chaoi ar bith. Tá sé féin agus Joan tite amach le chéile.'

'Níor dhúirt sé a dhath liomsa faoi sin,' a deir Caitríona.

'Ach tá sé sin thar cionn,' a dúirt Bríd go ríméadach. 'Ciallaíonn sé go bhfuil seans eicínt ag Ruth.'

'Tá níos mó ná 'seans eicínt' aici,' a deir Séamas agus straois air.

'Bhuel, bheinnse an-sásta dá n-oibreodh sé amach dóibh,' a dúirt Caitríona. 'Tá Iain chomh deas. Agus ní bhíonn aon deis ag Ruth castáil le lads. Bíonn a máthair i gcónaí ag fiafraí cá raibh sí, céard a bhí sí ag déanamh, cé a bhí in éineacht léi....'

'Sin mar gheall ar an rud a tharla do Chonall,' a dúirt Séamas.

'Tá a fhios agam gurb ea. Ach níl sé éasca uirthi,' a deir Caitríona.

'Mo chuimhne! Céard a tharla faoin jab san Oileán Mór?' a d'fhiafraigh Bríd de Chaitríona.

'Ní raibh a tuismitheoirí sásta í a ligean siar,' a dúirt Caitríona.

Theastaigh ó Bhríd a fháil amach ansin an raibh aon aithne ag tuismitheoirí Ruth ar Iain.

'Casadh ar a máthair é faoi Cháisc,' a dúirt Caitríona. 'Agus ceapann sí gur lad an-deas é.'

Leathuair tar éis do Ruth agus d'Iain imeacht den trá, bhí Bríd ag lapadaíl sa bhfarraige agus Caitríona fós sínte siar faoin ngrian. Ach ba ghearr gur thosaigh Séamas ag déanamh imní faoin taoille. Bheadh sé ina lán mara nóiméad ar bith, a dúirt sé le Caitríona, agus ní raibh aon tuairisc fós ar Iain ná ar Ruth. Rinne Séamas iarracht ansin glaoch a chur chuig Iain ach níor éirigh leis aon mhaith a dhéanamh. Thriáil Caitríona glaoch ar Ruth ach ba é an dá mhar a chéile é.

Nuair a theip orthu teagmháil fóin a dhéanamh le ceachtar den bheirt, léim Séamas ina sheasamh.

'Seo! Caithfidh muid a dhul á gcuartú,' a dúirt sé. 'Má

chaitear an RIB suas ar an duirling beidh sé ina réabadh. Agus gan cead ar bith againn a bheith amuigh inti. Ach arís ar ais....' Stop sé nuair a chuimhnigh sé ar phlean eile. 'D'fhéadfainn imeacht anois díreach agus í a cheangal thall ag Aill an Iascaire. Idir an dá linn, bheadh sibhse in ann Iain agus Ruth a aimsiú agus siúl anonn leo go dtí an Aill. Ní thógfadh sé aon achar oraibh é a shiúl.'

'Ach cén fhaid eile nó go mbeidh an taoille istigh?' a d'fhiafraigh Caitríona de.

'Ceathrú uaire nó mar sin.'

'Céard faoin dinghy a fhágáil anseo go fóill agus dhul anonn chuig an raic. Bheadh muid ar ais agus an bheirt eile againn taobh istigh de cheathrú uaire, nach mbeadh? Níl an seansoitheach i bhfad as láthair....'

'Níl sí ach thall ansin.'

Tar éis dóibh réiteach air sin, ghlaoigh siad aníos ar Bhríd gur mhínigh siad an scéal di. Tharraing an triúr an RIB suas chomh fada ar an trá agus d'fhéadfadh sí dhul. Ansin shiúil siad go dtí an bóithrín caol a bhí taobh thuas den trá. Siar uathu bhí an soitheach meirgeach le feiceáil ar an duirling, timpeall caoga slat aníos ón bhfarraige. Bhí fógra an chomhairle contae, ag cur fainice ar dhaoine gan a dhul i ngar don raic, le feiceáil chomh maith.

'Níl a fhios agam cad chuige ar bhac siad le fógra a chuir ann. Ní hé go mbíonn an oiread sin daoine ag teacht ag an áit,' a dúirt Séamas nuair a thagair Caitríona don fhógra.

'An *Catherine Jane* bocht. Ní mórán di atá fágtha anois,' a dúirt Bríd.

Ba mhó suim a chuir Caitríona sa mbaile beag tréigthe a bhí sí díreach tar éis a thabhairt faoi deara ar an taobh thoir den bhóthar. Sheas sí tamall agus a droim aici leis an mbeirt eile. Ansin thosaigh sí ag siúl chomh fada leis na tithe. Chomhair sí ocht gcinn de thithe ar fad. Tithe beaga bána, díon since ar chuile cheann acu, péint dhearg ar na fuinneoga agus ar na doirse. B'uaigneach an radharc iad, a shíl sí, suite ansin ar bharr an chladaigh ina gcuid garranta beaga, garranta nach raibh anois ag fás iontu ach raithneach, neantóga agus cupóga rua. Taobh thiar de na tithe thug sí fothrach teampaillín cloiche faoi deara.

'Is dóigh gurb in é Teampall Bhríde thall ansin,' dúirt sí le Bríd, a bhí anois tagtha chomh fada léi. 'Nach gcuirfeadh sé uaigneas ort an áit a fheiceáil tréigthe mar seo? Ach ní raibh súil ar bith agam go mbeadh na tithe coinnithe chomh deas. Cheap mé go mbeidís … bhuel, nach mbeadh iontu ach fothracha faoin am seo. '

'Tá duine eicínt ag breathnú amach dóibh,' a deir Bríd. 'Á gcoinneáil péinteáilte agus chuile cheo.'

'Nár dheas an áit a bhí acu. Is é an trua gurbh éigean do na daoine an t-oileán a fhágáil.'

'Is ea, ceart go leor. Ach cén chaoi a bhféadfaidís fanacht ann? Nuair nach raibh scoil ná siopa….'

'Céibh an rud ba ghéire a bhí uathu,' a dúirt Séamas, a bhí tar éis a theacht anall leis na cailíní a bhrostú. 'Bhí céibh uathu go dóite. Dá mbeadh sí tógtha nuair a theastaigh sí, bheadh daoine fós ina gcónaí anseo. Ach seo libh, níor cheart dúinn a bheith ag slíomadóireacht.'

Agus iad ag siúl an chosáinín chaoil a thabharfadh amach ar aghaidh an *Catherine Jane* iad, thosaigh na cailíní ag ceistiú Shéamais faoin mbaile beag a bhí díreach feicthe acu. Ba le Micil Ned Ó Direáin, a bhí anois ina chónaí in Oileán na Leice, ceann de na tithe, a dúirt Séamas, ach choinníodh sé na tithe eile cóirithe chomh maith lena cheann féin. Bhí gaol acu ar fad le chéile. Mhínigh sé do na cailíní go mbíodh caoirigh fós ar an oileán ag Micil, san earrach agus sa samhradh.

'Ach cá'il na caoirigh anois?' a d'fhiafraigh Caitríona agus í ag breathnú ina timpeall.

'D'fheicfeá thart anseo iad go hiondúil, ach is dóigh gur ar an taobh eile den chnoc sin atá siad inniu.' Shín sé a mhéar siar díreach uaidh. Theastaigh ó Bhríd a fháil amach cén chaoi a bhféadfaí caora a thabhairt amach is isteach, nuair nach raibh céibh san oileán.

'Ach bhídís á dhéanamh riamh sa saol,' a dúirt Séamas léi. 'Ar na hoileáin ar fad. Bhíodh curacha agus báid bheaga ag tabhairt caoirigh, muca, gabhair, fiú asail, i dtír ar an trá. Sin nó cheanglaíodh siad curach nó bád d'aill nó d'ulán.'

Stop Séamas ag caint. Bhí siad anois ag siúl síos ón gcosáinín go dtí an raic, agus níor mhór do dhuine a bheith an-chúramach. Bheadh sé éasca sciorradh ar an gcaonach glas sleamhain a bhí ag fás sna bolláin agus ar na leaca lena dtaobh.

'A Ruth, a Iain! Caithfidh muid imeacht nó béarfaidh an taoille orainn,' arsa Séamas in ard a chinn nuair a bhí siad beagnach ag an mbád.

'Tagaigí amach agus stopaigí ag méiseáil,' a dúirt Bríd a bhí siúráilte gur ag cúirtéireacht istigh sa mbád féin, nó taobh thiar de charraig, a bhí an bheirt!

Ach, cé gur choinnigh siad orthu ag glaoch ar a gcairde, ní bhfuair siad aon fhreagra. Bhí siad i bhfoisceacht cúpla slat den soitheach anois, píosaí meirgeacha iarainn ina dtimpeall, chuile leac, cloch agus carraig ar dhath an iarainn chéanna. Go tobann chuala siad torann ar an taobh eile den soitheach. Soicind ina dhiaidh sin chonaic siad duine, agus a cheann faoi aige, ag rith sna firiglinnte siar an cladach.

''Iain, céard sa diabhal atá ort? Cá'il tú a dhul mar sin?' a dúirt Séamas de bhéic.

Ach bhí a fhios ag Caitríona nárbh é Iain an fear óg a raibh mála ar a dhroim aige agus é ag bailiú leis ar cosa in airde. Níor dhúirt sí aon rud i dtosach ach choinnigh sí súil ghéar ar an bhfear. Ansin, nuair a bhreathnaigh sé taobh thiar de ar feadh aon soicind amháin, bhí a fhios aici go raibh an ceart aici.

'Is é Máirtín Thomáis atá ann,' ar sise le Séamas. 'Rachaidh muid ina dhiaidh go bhfeice muid céard atá ar bun aige.'

Ach chuir Séamas i gcuimhne di faoi na scailpeanna doimhne, na carraigeacha agus na moghlaeirí móra a bhí ar dhuirling an oileáin seo.

'D'fhéadfadh duine a mhuineál a bhriseadh,' a dúirt sé.

'Tá an ceart agat. Ach má tá seisean in ann....'

'Bheadh eolas na háite go maith ag Máirtín Thomáis. Is as Oileán Bhríde a tháinig muintir Uí Chonaire. Agus tá mé beagnach cinnte go bhfuil caoirigh acu anseo i gcónaí.'

Is ag an nóiméad sin a chonaic siad Ruth ag déanamh orthu!

'Buíochas le Dia go bhfuil sibh tagtha! Tá Iain taobh istigh sa soitheach,' a dúirt sí agus giorranáil uirthi. 'Tá sé gortaithe....'

Lean siad Ruth ansin isteach sa g*Catherine Jane*, isteach tríd an bpoll mór millteach a bhí ina taobh. Agus istigh, suite ar an talamh ag cuimilt cúl a chinn, chonaic siad Iain!

'An bhfuil tú gortaithe go dona, a Iain?' a d'fhiafraigh Caitríona go himníoch agus í ag cromadh síos le taobh a cara.

'Tá mé ceapadh go bhfuil mé ceart go leor.'

An fhaid is a bhí Séamas ag cinntiú nach droch-ghortú a bhain d'Iain, thosaigh Ruth ag déanamh cur síos dóibh ar an rud a tharla. Nuair a tháinig sí féin agus Iain chomh fada leis an seansoitheach, ní raibh ceapadh ar bith acu go mbeadh duine ann rompu, a dúirt sí.

Chaith an bheirt scaitheamh ag breathnú ina dtimpeall agus ag méiseáil taobh amuigh. Chuaigh siad isteach ansin tríd an bpoll a bhí ar an taobh. Nuair a thug siad an mála droma gorm faoi deara bhí iontas orthu a leithide a fheiceáil ann. Chrom Iain síos agus chroch sé an mála. Ní raibh aon súil aige go mbeadh an oiread de mheáchan ann agus dúirt sé le Ruth go gcaithfeadh go raibh duine eicínt ag bailiú cloch. Scoláire ón gcoláiste b'fhéidir, a dúirt Ruth. Ach sula raibh seans acu breathnú sa mála tháinig duine taobh thiar díobh agus tarraing-íodh an mála de ropadh as láimh Iain.

'Chonaic muid ansin,' a deir Ruth, 'gurb é Máirtín Thomáis a bhí ann. Thosaigh sé ag fiafraí dhínn céard a thug anseo ag an oileán muid. Céard a thug go dtí an seansoitheach muid. Bhí sé ag béiceadh, lán suas le fearg.'

'Thuig mise ansin gur rud eicínt níos luachmhaire ná clocha a bhí sa mála agus rinne mé iarracht é a bhaint de arís,' arsa Iain, 'ach … tá sé níos mó agus i bhfad níos láidre ná mé. Tharraing sé orm arís lena dhoirne agus as go brách leis.'

Chomh luath agus a thuig Caitríona nach raibh Iain gortaithe go dona d'éirigh sí ina seasamh arís. Bhreath-naigh sí fúithi agus thairsti. Ach ní raibh aon rud le feiceáil.

'Más anseo a bhí an taisce i bhfolach aige,' ar sise léi féin. 'Tá an chuid deireanach de tugtha as aige.'

'Cuirfidh mé geall go bhfuil a bhád ceangailte d'Aill

an Iascaire ag an diabhal,' a deir Séamas. 'Níl an aill i bhfad as seo. Má tá tusa cinnte go bhfuil tú ceart go leor, a Iain, b'fhearr dúinn a bheith ag imeacht.'

'Tá mé togha,' a deir Iain agus é anois ina sheasamh. 'An bhfuil muid le dhul ina dhiaidh mar sin … siar chuig an aill? '

'Níl,' arsa Séamas. 'Gabhadh muid ar ais chuig an trá agus cuirfidh muid an RIB i bhfarraige. Beidh seans eicínt againn a theacht suas leis ar an bhfarraige.'

'Ach ní thuigimse é seo,' a deir Bríd. Bhí siad ag déanamh a mbealach amach as an raic anois. 'Tuige nach raibh bád Mháirtín le feiceáil againn agus muide ag teacht isteach chuig an oileán? Agus tuige nár tháinig sé isteach ar an trá?'

'Tá Aill an Iascaire ar an taobh eile de na hailltreacha,' arsa Caitríona. 'Agus ní hin é an bealach ar tháinig muide. Agus ní fhéadfá aon bhád, seachas ceann beag ar nós an cheann a bhfuil muide inti, a thabhairt isteach ar an trá.'

Ba ghearr go raibh an cúigear á thabhairt do na boinn ar ais chuig an trá bheag. Faoin am ar bhaineadar an áit amach bhí an RIB ar snámh cheana féin.

'Is ar éigean a bhí sé déanta againn,' dúirt Ruth agus iad ag léimneacht isteach.

'Cuirigí oraibh na seaicéid go beo agus coinnígí greim,' a dúirt Séamas. 'Tá mé le siúl a bhaint aisti seo anois.'

MÁIRE UÍ DHUFAIGH

Is ansin a d'inis Caitríona an scéal uilig, mar a bhí sé oibrithe amach aici féin agus ag Séamas, don triúr eile. Baineadh an mheabhair de Bhríd agus d'Iain. Níor fhan smid ag ceachtar acu. Ach thosaigh Ruth ag cur di. Bhí a fhios aici, a dúirt sí, gur dheargbhithiúnach a bhí sa Mháirtín céanna. Ní chuirfeadh sí tada thairis.

'Is ag an diabhal sin atá an taisce! A Mhac go deo!' a dúirt Iain nuair a tháinig na focla chuige ar deireadh.

'Sin é a bhí sa mála aige!' a dúirt Ruth. 'An taisce! Taisce Oileán na Leice! Ní hiontas ar bith go raibh an mála chomh trom. Ach an rachadh an taisce ar fad isteach in aon mhála amháin?'

'Is deacair a rá,' arsa Séamas. 'B'fhéidir nach raibh aige ach an méid sin. Ach má bhí tuilleadh de aige, seans gur chuir sé i bhfolach in áit eicínt eile ar fad é. Má bhí ciall aige.'

'Cheap sé go raibh an scéal uilig oibrithe amach againne agus gurb in é an fáth ar tháinig muid anseo inniu,' a dúirt Bríd.

'Go díreach,' arsa Iain. 'Ach a Shéamais, meastú an mbeidh muid in ann a theacht suas leis?'

'Gabhfaidh sé rite linn,' an freagra a fuair sé. 'Ach déanfaidh muid chuile iarracht.'

Ní raibh clamhsán ar bith acu faoin luas an babhta seo agus níorbh fhada go raibh an *Cailín Gleoite* le feiceáil acu. Bhí spionnadh fúithi, farraige cháite ag dul in aer agus a haghaidh amach sa bhfarraige mhór.

'Ach meastú cá'il sé ag dul?' a dúirt Bríd. 'Ní hin é an bealach go hOileán na Leice.'

'An bád mór, an luaimh, a chonaic muid amuigh ansin cheana,' a dúirt Caitríona go tobann, 'nach bhféadfadh sé go raibh sí sin ag fanacht leis? Go raibh socrú déanta eatarthu...?'

'Is fíor duit, a Chaitríona!' a deir Iain. 'Cuirfidh mé geall ar bith leat gur amach chuig an luaimh sin atá sé ag tabhairt an taisce! Níl fáth ar bith eile go mbeadh sé ag dul an bealach sin.'

'Níl talamh ná tír ann nó go dtiocfaidh tú go Meiriceá,' arsa Ruth. 'Ach an bád sin, an luaimh, an bhfuil sí ann i gcónaí?

'Níl sí ar ancaire san áit a raibh sí,' a dúirt Séamas, agus súil á coinneáil aige ar an radar. 'Tá sí níos faide uainn anois. Agus tá an-siúl go deo aici.'

'Má bhí socrú aige leis an luaimh, níl sí ag fanacht leis,' arsa Bríd.

Ní fios cén ríméad a bhí ar an gcúigear sa RIB, nuair a thugadar faoi deara, scaitheamh ina dhiaidh sin, go raibh siad ag breith suas ar bhád Mháirtín Thomáis! Bhí an báire leo, cheapadar. 'Caithfidh sé go bhfuil rud eicínt contráilte leis an mbád,' a dúirt Séamas ansin. 'Tá sé beagnach stoptha anois.' Ba ghearr go raibh an *Cailín Gleoite* stoptha ar fad.

'Caithfidh muid cúnamh a thabhairt dó,' a deir Séamas.

'Cén fáth a gcaithfidh, a Shéamais?' a dúirt Caitríona go mífhoighneach. 'Bíodh an diabhal aige. Nach bhfuil raidió aige féin sa mbád? Tá chuile dheis aige.'

'Tá, ach ní bheadh sé ceart.'

Nuair a bhí siad le taobh an *Chailín Gleoite,* d'fhiafraigh Séamas de Mháirtín Thomáis an raibh rud eicínt tarlaithe dó. An raibh aon rud a d'fhéadfaidís a dhéanamh? Ach ba ghearr gur thuig an cúigear sa RIB go raibh Máirtín Thomáis tar éis deargamadáin a dhéanamh díobh.

'A phaca diabhail,' a dúirt sé de bhéic. Bhí droch-ghrua air. 'Céard a thug anseo sibh inniu? Inniu thar lá ar bith eile.' Thosaigh sé ag eascaine agus ag tabhairt na mionnaí móra.

'Go réidh leat féin anois, a Mháirtín,' a dúirt Séamas leis go deas réidh. 'Imeoidh muid linn. Ní raibh ann ach gur cheap muid....'

Ach ba ar Chaitríona a bhí Máirtín ag breathnú anois.

'Tuige nach bhfuil aon iontas orm tusa a fheiceáil, a raicleach.'

B'fhacthas do Chaitríona agus í ag breathnú air nach raibh aon dealramh aige seo leis an bhfear suáilceach a mheallfadh an t-éan ón gcraobh Lá na Rásaí san Oileán Mór. Go tobann d'iompaigh Máirtín timpeall uathu. Nuair a chonaic Caitríona go raibh sé ag tosaí inneall an bháid, thuig sí go raibh sí féin agus a cairde i mbaol a mbáite! Rith fuarallas léi agus í ag cromadh síos, ag tochailt, ag cuartú an fóin láimhe. Ba chuimhin léi Séamas a fheiceáil á leagan isteach faoin roth stiúrtha in éineacht le giuirléidí eile agus iad ag fágáil Oileán na Leice.

'Mayday, mayday,' a dúirt sí nuair a d'aimsigh sí an fón ar deireadh. Bhí crith ina glór.

Bhí sruth deora le Bríd anois gan focal fanta aici le teann faitís. Ach nuair a thuig Ruth céard a bhí ag tarlú, nuair a thuig sí go raibh Máirtín Thomáis ag réiteach le ruathar a thabhairt faoin RIB thosaigh sí ag fógairt ar Shéamas.

'Tá sé ag iarraidh muid a bhá! As ucht Dé ort, a Shéamais, déan rud eicínt.'

Ar éigean a bhí na focla as a béal nuair a bhí an RIB casta timpeall ag Séamas agus é á stiúradh chomh sciobtha lena bhfaca tú riamh i dtreo Oileán na Leice. D'fhéadfá a rá gur ag scinneadh ar bharr na dtonn a bhí siad leis an siúl a bhí fúthu anois. Ach mar sin féin, chuile uair ar chaith siad súil siar ní raibh *An Cailín Gleoite* i bhfad taobh thiar díobh.

'Mayday, mayday,' arsa Caitríona agus í ag aireachtáil mar a bheadh lagar ag teacht uirthi.

''Bhfuil tú cinnte go bhfuil tú ar an gcainéal ceart, a Chaitríona?' a d'fhiafraigh Séamas di.

'Tá, cainéal a sé déag. Ach níl aon duine do mo fhreagairt.'

Ach meandar ina dhiaidh sin chuala sí glór ag teacht ón raidió. Léim a croí.

'*Banríon an Oileáin* anseo, tá muid ag teacht in bhur dtreo.'

'Tá a fhios agat cá'il muid?'

'Tá an t-eolas ar fad againn.'

Ansin lig Bríd uaill áthais aisti.

'Breathnaigh! Tá bád ag teacht. Tá sí thall ansin!' a dúirt sí agus dhá chroí aici. 'Agus níl an *Cailín Gleoite* taobh thiar dhínn níos mó.'

'Buíochas mór le Dia,' a deir Ruth, agus d'éalaigh osna faoisimh uaithi. 'Cheap mé go raibh deireadh linn!'

'Níl. Níl aon duine gortaithe,' arsa Caitríona mar fhreagra ar an té a bhí ag labhairt léi ar an raidió. 'Ach ba cheart fios a chur ar na gardaí.'

Faoin am ar chas an bád farantóireachta agus an RIB le chéile amach ó Charraig na bPiseog bhí an *Cailín Gleoite* le feiceáil acu ag imeacht siar amach sa bhfarraige ar luas lasrach.

'Ar Mheiriceá atá sé ag déanamh, cinnte,' a dúirt Iain agus lig sé gáire as.

'Chuile sheans go bhfuil an luaimh sin ag fanacht leis amuigh ar an domhain,' arsa Séamas. 'B'fhéidir go n-éireoidh leis an gnó a dhéanamh fós. Ní raibh sé ach ag iarraidh muide a scanrú … ag súil go mbeadh faitíos orainn aon cheo a rá. Ní amadán ar bith é Máirtín Thomáis.'

'Ach inis dom arís, a Chaitríona, céard go díreach a dúirt na gardaí?' Athair Chaitríona a bhí á fiosrú an oíche chéanna.

'An ligfidh tú di, a Pheadair! As ucht Dé ort,' a dúirt Sorcha. 'Nach bhfuil sé insithe aici duit deich mbabhta cheana.'

'Dúirt siad, a Dhaid,' a deir Caitríona go foighneach, 'gur tháinig siad suas le Máirtín Thomáis agus é píosa maith ó dheas d'Oileán Bhríde. Nuair a tharraing sé iarradh ar an ngarda a chuaigh ar bord an *Chailín Gleoite,* b'éigean dóibh glas láimhe a chuir air.'

'Ach céard a bhí á thabhairt amach chomh fada sin ó thús deireadh?' a d'fhiafraigh a hathair di. 'Agus is chuig an ospidéal a thugadar anocht é, a bhí tú a rá. Tuige nach coinnithe sa mbeairic atá sé má d'ionsaigh sé garda? Sin é atá do mo mharú uilig.'

'D'fhéadfadh sé, a Pheadair,' a dúirt Sorcha. 'Go raibh sé gortaithe. Níl a fhios againn … bhí beirt gharda ann. Nó b'fhéidir gur bhuail cineál aistíl an fear bocht. Tarlaíonn a leithide.'

'Is beag aistíl atá ar an bhfear céanna,' arsa Caitríona ina hintinn féin. 'Ach, ar ndóigh, d'fhéadfadh sé ligean air féin anois go bhfuil. Ní chuirfinn thairis é! Plean maith a bheadh ann … an gadaí glic.'

'Ach breathnaigh,' arsa Sorcha. 'Tá ár ndóthain cainte déanta againn faoi seo. Feicfidh muid an bhfuil aon cheo ar an teilifís.'

Ach bhí Peadar fós ag cur de: 'Cheap mé i gcónaí,' a dúirt sé, 'nach raibh an Máirtín céanna le trust. Ní ghabhfainn i mbannaí air!'

Ní fhéadfadh Caitríona é seo a ligean leis: 'Anois, a Dhaid,' a dúirt sí agus í ag siúl anonn leis an teilifís a chur ann. 'Is cuimhin liom, seachtain ó shin, nach fios cé chomh molta is a bhí sé agat.'

'An mbreathnóidh muid ar an nuacht, ar dtús?' a dúirt Peadar gan Caitríona a fhreagairt.

Nuair a d'aimsigh siad TG4 bhí an nuacht díreach ag tosaí. Agus cé a d'fheicfidís beo beathach ar an scáileán ach an duine rabhadar ar fad ag glaoch 'fear an tumtha' air, Liam de Bhál.

'Agus beo linn sa stiúideo anocht,' a deir an léitheoir nuachta, 'tá Liam de Bhál, leas-bhainisteoir Thaighde Grinneall Teoranta. Tá fáilte romhat isteach, a Uasail de Bhál. ls dea-scéala é seo don chomhlacht se'agaibhse, an scéal mór atá ann anocht, go bhfuil taisce an *Philip Goodby*, aimsithe ar deireadh.'

'Is ea, cinnte. Is mór an faoiseamh dúinn é.'

'Agus an fear óg as Oileán na Leice atá gafa ag na gardaí anois, an féidir leat a rá linn cén bhaint atá aige leis an eachtra?'

'Tá roinnt daoine gafa ach b'fhearr liom na ceisteanna sin a fhágáil ag na gardaí le freagairt. Ach ba mhaith liom an deis a thapú chun buíochas a ghlacadh leis na daoine a chuidigh linn an cheist seo a réiteach go sásúil inniu.'

'Ar mhaith leat daoine ar leith a lua?'

'Níl aon ghá. Tá a fhios acu cé hiad féin. Agus beidh mé ag labhairt go pearsanta le cuid acu amárach.'

'Leanfaidh an comhlacht ar aghaidh anois leis an gclár oibre a bhí leagtha amach?'

'Leanfaidh. Ach maidir liom féin, tá pinsean luath á thógáil agam anois....'

'Go n-éirí leat! Beidh tú ag glacadh sos atá tuillte go maith agat.'

'Bhuel ... níl a fhios agam ar cheart sos a thabhairt air. Athrú saoil, is dócha. Tá mé chun cur fúm go buan in Oileán na Leice agus forbairt a dhéanamh ar an ngnó tumadóireachta atá tosaithe agam san oileán.'

'Caithfidh sé go bhfuil tú meallta go mór ag saol an oileáin!'

'D'fhéadfá é sin a rá, ceart go leor.'

Bhí mearbhall ceart ar Shorcha Uí Fhlatharta. 'Ní thuigimse é seo ar chor ar bith! An bhfuil a fhios agaibhse céard atá ag tarlú? ' ar sise lena fear céile agus lena hiníon.

Bhreathnaigh a tuismitheoirí ar Chaitríona.

'Cén bhaint atá ag "fear an tumtha" leis an scéal seo faoin taisce?' a d'fhiafraigh a máthair di.

Bhí straois go cluais ar Chaitríona. Ó tharla go raibh an rún scaoilte anois níor ghá di aon rud a cheilt ar a tuismitheoirí níos mó.

'Má chuireann sibh as an teilifís inseoidh mé an scéal uilig daoibh,' a dúirt sí. 'Tá mé ag rá libh gur fearr é ná sobal teilifíse ar bith!'

Bhí Caitríona díreach ag cur tús lena scéal nuair a thosaigh a fón ag preabadh ar an mboirdín a bhí os a gcomhair amach.

'Breathnaigh, a Chaitríona,' a dúirt Peadar agus shín sé a fón póca chuig Caitríona. 'Shílfeá go dtabharfá cuireadh chuig an teach don lad sin agat. Ní íosfaidh muid é, tá a fhios agat. B'fhearr go mór fada é ná tusa a bheith ag cúinneáil thart, mar a bhí tú an oíche cheana, ag iarraidh castáil leis i ngan fhios....'

Ghlac Caitríona lena chomhairle. Ansin, an fhaid is a bhí sí ag fanacht go dtiocfadh Séamas, thosaigh sí ag inseacht dá tuismitheoirí faoin raic agus faoin uisce faoi thalamh a thosaigh, beagnach ar leic an dorais acu, nuair a haimsíodh soitheach a cuireadh go tóin poill na blianta roimhe sin, amach ó Oileán na Leice.

An Garda Cósta

Máire Uí Dhufaigh

In Oileán na Leice, ar chósta thiar na hÉireann, níl ag déanamh imní do Chaitríona ach cén chaoi a gcaithfidh sí féin is a cairde laethanta fada an tsamhraidh — agus cén chaoi a meallfaidh sí Séamas Jim, dár ndóigh. Nuair a thugann siad cuairt oíche ar sheanstáisiún an Gharda Cósta tá caint ar thaibhsí, ach níl ann ach spraoi, nó go dtarlaíonn rud éigin uafásach a chuireann saol Chaitríona agus a cairde in aimhréidh.

Úrscéal breá nua do dhéagóirí is ea An Garda Cósta agus é lán le heachtraíocht, le corraíl agus le draíocht an tsamhraidh.

Ar fáil ó
www.leabharbreac.com

Smacht
Colm Mac Confhaola

Tar éis di beirt deifiúracha óga a chailleadh i ndóiteán tí, dóiteán a tharla de bharr an óil agus na toitíní, téann Rós agus a cuid tuismitheoirí chun cónaithe i dteach nua de chuid na comhairle contae. Sa phobalscoil áitiúil déanann sí cairdeas le Cormac, buachaill meánaicmeach atá ag iarraidh aghaidh a thabhairt ar a chuid claonta féin; agus castar bulaithe uirthi atá gach pioc chomh dona leis na bulaithe a d'fhág sí ina diaidh sa tseanscoil.

Fite fuaite i scéal Rós tá scéal an mhúinteora idéalaigh agus a choimhlint leis an scoil, tá scéal an tsagairt atá i gcoimhlint leis an ól, tá scéal na mbulaithe agus na mboicíní áitiúila. Trí na scéalta éasgsúla seo, déanann an t-údar léiriú ar ghnéithe tábhachtacha den tsochaí chomhaimseartha, agus é sin déanta ar bhealach atá soléite, taitneamhach.

"Scéal corraitheach scanrúil a dhéanann léiriú údarásach ar réimse leathan d'fhadhbanna sóisialta agus síceolaíochta an tsaoil. Sampla cumasach é seo den réalachas sóisialta a mhúsclaíonn trua, déistean agus fearg sa léitheoir, agus a thugann lón machnaimh dó san am céanna."

—Moltóir, Oireachtas 2012

Ar fáil ó
www.leabharbreac.com

Gealach
Seán Mac Mathúna

Ar fheirm mhuintir La Tour i Nova Scotia tá Gealach, ceann de na capaill ráis is fearr i gCeanada. Agus í á tabhairt i mbád trasna an chuain titeann Gealach san fharraige. Sa cheo trom imíonn an capall as radharc. Cuirtear saol na feirme bunoscionn. Ní chreidfidh an cúpla, Jack agus Liz, go bhfuil Gealach báite, agus téann siad ar a tóir. Ach tá an t-am ag sleamhnú: tá fiacha móra ar an bhfeirm agus, gan Gealach, caillfidh siad an teach agus gach rud atá acu? Ní hamháin sin, ach tá searrach á iompar ag Gealach agus má tá sí fós beo, caithfidh siad teacht uirthi go tapa!

"Ropleabhar a rachadh faoi chroí an léitheora, idir óg is aosta. Lasann chuile radharc ar an leathanach."

—Aifric Mac Aodha

"Seo ceann de na leabhair is fearr dá bhfuil léite agam sa Ghaeilge. Meallfaidh sé idir óg agus aosta."

—Ríona Nic Congáil

"Insint eipiciúil lán teannais. An-scéal ar fad."

—Ciarán Ó Pronntaigh

"A story that sits comfortably somewhere between Ros na Rún and Black Beauty." *— Pól Ó Muirí, The Irish Times*

Ar fáil ó
www.leabharbreac.com